鬱《うつ》に
離婚に、休職が…
ぼくはそれでも生きるべきなんだ

玉村勇喜　著

はじめに――うつになっても離婚しても生きる

本書は、うつ病を発症し、奥さんから離婚された男のこれまでの軌跡を描いた物語です。

うつで苦しんでいる人、離婚に悩んでいる人は、世の中にごまんといるはずです。

そんな人たちの心にそっと触れ、その傷を少しでも癒すことができれば、
少しでも共感してもらえれば――そんな想いでこの本を書きました。

ぼくは不幸の極みとも言える体験をしました。

それはもう恐ろしく、体験したいと思ってもできるものではありません。

「世の中にはこんな不幸な人もいるのか」、そう思っていただけるだけでも幸いです。

あなたもいま、うつで苦しんでいるかもしれません。

離婚で苦しんでいるかもしれません。

あるいはその両方で苦しんでいることもあるでしょう。

とても辛いと思います。

でも、そんなときでも必要なことがあります。

それは生き抜くことです。

とにかく死なずに生きつづけることで、必ず道は開けるでしょう。

決して諦めてはいけません。

「どんなに辛いときでも前だけを向いて歩いて行け」、いいえそんなことは言いません。

後ろを振り返ってもいいのです。

立ち止まってもいいのです。

負けてしまってもいいのです。

ひたすら生きることに専念してください。

いちばんやってはいけないことは、自分の命を絶つことです。

自殺ほど悲しいことはありません。

なぜなら自殺して喜ぶ人はいないからです。

あなたは、あなたというオンリーワンの存在です。

本来輝かしくあるべきものなのです。

あなたは、あなた自身を大切にしてください。

あなたが思っているほど、世間はあなたに関心がありません。

「うつになった人がいるんだ」、「離婚した人がいるんだ」、そのていどです。

ぼくも芸能人のニュースを見て、

「ふーん。そうなんだ」と思うことがよくあります。

だから、いちばん関心があるのは自分自身です。
自分で自分のことをいかに大切にできるか。
それがうつと離婚の苦しみから抜け出せるいちばんの方法です。
懸命に生きてください。
ぼくも懸命に生きることにしています。
正直、いまでも辛いことはたくさんあります。
憂鬱感に苛《さいな》まれることもあるし、自殺願望にとらわれることもあります。
でも、死んではいけないと思っています。
なぜなら悲しむ人がいるからです。
ぼくの場合、両親がとても優しく接してくれました。
うつになって、離婚して、そんなダメな人でも、
必ず一人は愛してくれる人がいるのだと知りました。
ぼくは、世の中の人みんなが敵にまわっても、あなたの味方です。
なぜなら、同じ悩める過去をもつ同志だからです。
みなさんの心が、少しでも安らぎますように。

もくじ

はじめに——うつになっても離婚しても生きる

第一章　うつ病を発症　7

ピークだった社会人一年目／近づいてくる「うつの予兆」／東日本大震災の翌々日、ついにうつ病に／情けない自宅療養／心理カウンセリングを受ける／株、ＦＸで負ける／一週間のうつ地獄／新型うつの良いところ／職場復帰へ

第二章　予期せぬ再発　31

チームを異動する／上腹部の痙攣《けいれん》が治まらない／オーバーワークで再発／替えた主治医に追い出される／奥さんのありがたさ／三週間のうつ地獄／ひたすら趣味にのめり込む日々／過食、過眠になる／熊本旅行に行く／会社が心底嫌だった

第三章　悪化するうつ　57

「幸せワークショップ」でうつが悪化／三か月の寝たきり生活／玄関で三時間固まる／家と公園の往復の日々／引っ越しまでも奥さん任せ／新居生活でも苦しむ／薬が効かない／食欲不振、不眠になる／ありえない憂鬱感

第四章　離婚の苦しみ　85
出会いは天文サークル／岐阜―神戸間の遠距離恋愛／社会人三年目の結婚／互いにＤＶ／うつのさなかに子どもを妊娠／ただいまのない里帰り出産／そして離婚へ／毎日の自殺願望／母親とのけんか／過去を精算

第五章　うつと離婚の狭間で　115
公園に十二時間滞在／大学病院でうつではないと言われる／主治医の診断は非定型うつ／壊れてしまった心／両親の愛／癒しのペット猫、ゆうちゃん／過去は不幸でもいい／姪っ子のおまもり／うつの人たちとの関わり方／それでも地球は回っている／生きることこそ人生なり

終わりに　次の未来へ　154

あとがき

装　丁・中曽根孝善
表紙絵・吉川　浩子

鬱に離婚に、休職が…　　6

第一章

うつ病を発症

ピークだった社会人一年目

ぼくは胸を高揚させていた。
二十二歳で大学を卒業し、
新しく社会人としてデビューする。
そのワクワクした気持ちを抑えられなかった。
「どんな楽しいことが待ち受けているんだろう」
そんなことばかりを考えていた。
クリーニングしたてのスーツに袖を通す。
とても気分が高らかだったのを覚えている。
早く大人になって自分の力でお金を稼ぎたいと思っていたので、
それが叶うなんて夢のようだった。
周りの新入社員を見ても、みんな意気揚々としている。
誰一人として社会人の辛さを味わうことになるとは思わない卵たち。
みんなが憧れの気持ちを抱いていたように思う。
そんななか、四月一日からさっそく新人研修が始まった。
五か月のあいだ無遅刻・無欠席というのは少しキツかったが、苦にはならなかった。

同期で互いを鼓舞し、互いを励ましあうことでなんでも乗り越えられる気がしていた。

二か月くらいで早ばやと配属先が決定する同期もいた。

少し寂しかったが、それでも同期という強い絆はずっとつづくと思っていた。

所属先が違っても酒の場で語りあうことは幾度となくあるだろうし、べつに寂しくはないと思っていた。

五か月ほどたったそんなある日、ぼくの配属先が決定した。

配属先は電子デバイスを開発・設計する部署だった。

当時は、音響系の仕事をしたかったが、
新入社員が百六十人くらいいるなかで、音響系に配属されたのはたった一人だった。

しかも、その一人は入社前からその部署に入ることが決まっていたという。

その話を聞いてショックを受けた。世の中理不尽だと思った。

それでも、入った会社はぼくの第一志望だったので幸運だと思っていた。

じつは、入社した会社は、ぼくの学部では募集をしていなかった。

しかし、ぼくの大学の三つの学部には推薦依頼がきていた。ぼくはめげずに、

「自分もこの会社になんとか入りたいので、面接を受けさせてください」

大学の就職課にそのように懇願しに行った。

二、三回通ったところ、ほかの学部からの応募者数が少ないからということで、ぼくも面接を受けさせてもらえることになった。

自分の力もあったが、

「粘り強く向かえば、道が開けることもあるんだ」と、ラッキーを感じていた。

そうして気合と根性で入った会社だった。

第一志望の部署に配属されなくても、自分は恵まれているんだと思っていた。

一緒に配属された他の四人と、胸を高鳴らせて所属部署に連れられていったのを覚えている。

そうして、約半年間は高いモチベーションで仕事をしていたのだが……。

近づいてくる「うつの予兆」

社会人一年目を過ぎたころから、なんとなく違和感を覚えるようになった。

なぜか仕事が楽しくないのだ。

やっている仕事が苦痛に感じられる、おもしろくない。

でも、そんなことを言ったところで、会社には行かなければならない。

それしか生きる道はない。

周りの人はみんな、ふつうに会社に行っている。

自分も行かなければならない。

誰かに相談したところで会社からは逃げられない。

それが苦しかった。

それでも、それなりに前向きに会社に行っていたと思う。

心の中では文句を言いながら、「いつか乗り越えられる」、

「いつか楽しいと思える日々がくる」と信じ込んでいた。

でも、そううまくはいかなかった。

二年目、三年目になるにつれて、だんだんとしんどくなってきた。

働いていても辛い、とにかく辛かった。

ぼくはこのころに結婚をする。

社会人三年目の結婚はブームみたいなものがあって、波に乗っていた。

結婚式の準備はとにかく楽しかった。

曲選び、写真の撮影、来賓の選択……。

自分たちが主役になれることを心の底から楽しんでいた。

奥さんとずっと一緒に暮らすことができる、それが嬉しかった。

子どものころのぼくは、「結婚なんかしない、永遠の愛なんて存在しない」と考えていた。

奥さんがそんな狭小な考えを見事に打ち破ってくれた。
奥さんと一緒にいれば愛が冷めるどころか、愛情はますます強くなっていった。
世の中には、よくもこんなに波長のあう人がいるものかと思った。
仕事は辛かったが、プライベートは順風満帆——そう思っていた。
しかし奥さんは、「結婚式の準備は楽しくなかった」と。
「もう二度としたくない」と、あとになって言った。
いま思えば、このころからすでに歯車が狂っていたのかもしれない。
ぼくが楽しかったのは、自分勝手にものごとを進めていたからにほかならない。
自分の思いどおりに結婚式の準備を進めていただけで、
奥さんのことは全然考えていなかった。
相手を思いやる配慮が足らなかった。
自分のことしか見ていなかったのである。
とんだピエロだ。
それでもこのころは結婚したばかりで、未来は明るいものとばかり思っていた。
プライベートはうまくいっていると思い込んでいただけに、
仕事もいつかうまくゆくと信じてやまなかった。

でも、そんなことはなかった。

仕事をこなすにつれ、辛さがどんどん増してくるのだ。

家でもけんかが多くなった。

「飲み水には浄水を使え」とか、「ミンチ肉を触った手で蛇口を触るな」とか、「ベッドはテレビと同じ部屋がいい」とか、
そんなくだらないことで、しょっちゅうけんかをしていた。

もちろん奥さんはなにも悪くない。自分の腹の虫が収まらなかっただけだ。

設計の仕事が思いどおりにゆかずに、イライラして奥さんに八つ当たりすることもあった。

いま考えるとひどい話である。

自分で自分をコントロールできず、それでプライベートもどんどん破綻していった。

東日本大震災の翌々日、ついにうつ病に

ついにそのときがきた。

二〇一一年三月十一日に東日本大震災がきたのである。

いまでも、そのときのことははっきり覚えている。

関西にいたのだが、揺れは長かった。二、三分は揺れていたように感じられた。

「ちょっと長い地震だな」と思った。

すると、東北で震度七というではないか。ただごとではない。

家に帰ってニュースを見ると、船や家、車などが流されていた。

テレビが写しだすありえない光景に、絶句した。

どのチャンネルも、叫んで逃げ惑う人や押し寄せてくる津波の映像を流していた。

しばらく呆然とした。平穏な日々の流れにいたぼくは、あの光景に目が釘付けになった。

ニュースキャスターも淡々と話していたが、心はすごく動揺していただろう。

印象深かったのは、親を亡くした子どもの姿を捉えた映像だった。

親が流された方向に向かって、「お父サーン、お母サーン」とずっと叫んでいた。

泣きながら遠吠えのように叫ぶ、その声はかれていた。

家族を失った人は多いはずだと思った。

家や車を流され、苦しむ人だって出るだろう。

いたたまれない気持ちになった。

なにもできない自分が歯がゆかった。

会社で募金活動をしていたので、少しでもと千円を寄付した。

それくらいしか自分にできることはなかった。

そんなことがあった翌々日に、休日出勤があった。
地震があったからといって、仕事が減るわけがない。
そのころは忙しさのピークで、毎週休日出勤をしていた。
がらんとした職場で仕事をしていたが、だんだん頭が回らなくなってきた。
回路が組めないのである。
これはどうしたことかと、休憩を挟んだ。
深呼吸を終えて「さあ仕事に戻ろう」としても、思考回路が停止している。
これはやばいぞと、腕立て伏せをした。
体を動かせば頭が回復するのではないかと思ったのだ。
エアコンのスイッチを触りに行ったり、トイレに行ったりもした。
なにか体を動かさなきゃと思った。
それでも、仕事は手につかなかった。
辛かった。信じられなかった。
反面、このころにはすでにうつ病の知識もあり、自分はうつだと直感していた。
でも、まさか自分に降りかかるなんて思ってもみなかった。
うつになる人はみんな、「まさか自分がなるなんて」と思っていただろう。

ぼくもその一人だった。
認めたくなかった。
でも、仕事ができない現実を受け入れるしかなかった。
その翌週も仕事をしていたが、「これでは仕事にならない」と病院に行った。
案の定、うつ病とのことだった。
このときは、「うつ状態」と診断された。
信じられなかった。受け入れたくなかった。
でも、受け入れざるをえない。自分はうつなのだから。
うつが現実になるなんて。奥さんになんて言えばよいのだろう。
自分はまだまだやれると信じていたのに。
仕事の負荷と納期に追われ、
自分の能力の限界を超えて仕事をしていることは、なかばわかっていた。
でも、まさかうつになるとは思ってもいなかった。
自分は強い人間だと思っていたけれど、ほんとうは弱い人間だったのだ。
うつになってから知ることだが、両親は強い。
一億円もの借金を抱えながら、それでも負けずに仕事をしているのだから。

ぼくはというと、その翌週から自宅療養という情けない結果になってしまった。

情けない自宅療養

この自宅療養でまず困ったのは、三日間も睡眠障害が出たことだ。
寝ても早朝に覚醒する。そこからずっと眠られないのだ。
頑張って目をつぶるのだが、まったく眠りに落ちない。
目がギンギンに冴えてくる。
しかたがないので奥さんが起きてくるまで待つ。
この時間は辛かった。
一緒にベッドで寝ているが、奥さんを起こすわけにはゆかない。
ずっと一人で悶々、悶々としている。やがて朝がくる。
そのことを奥さんに話すと、「心配しなくていいよ」と言ってくれたような気がする。
このころの奥さんは頼もしかった。
いや、ずっと頼もしいのだが……。
家事、料理、洗濯をやってくれて、アルバイトで会社にも行っていた。
ぼくもなにかやらなければと思っていたが、できなかった。

体が動かなかったのだ。

しかたがないので布団の中に潜っている。

申しわけなかった。

でも、病気だからしかたがないとも思っていた。

薬も飲み始めたばっかりで、効き目が出るまでの二週間はとても長く感じられた。

とにかくじっと耐えて待っているしかない。

体が動かないのでトイレに行くのもたいへんだった。

当時は不安感に襲われていた。胸が苦しい。

どうしようもない絶望感にも襲われていた。

「なにも考えるな」と言われても考えてしまう辛さがあった。

それはそうだ。だって一日中家にいるのだから。

無の境地になることは不可能だった。

それでも生きてゆかなければならない。

このときは自殺願望はなかったが、それでも辛かった。

体を動かそうとしても動かない。動かさないのではなく、動くエネルギーがゼロなのだ。

うつは車にたとえられるが、ガソリンが空になった感じだ。

アクセルを踏んでも動かない。

ブレーキを踏んでいるわけじゃない。燃料が枯渇している感じなのだ。

こうして、ぼくの一回目の休職生活が始まった。

心理カウンセリングを受ける

ここで少し話をうつになる前のことに戻す。

ぼくは先輩との人間関係に悩み、よく心理カウンセリングに行っていた。

初めは入社三年めの二〇〇八年だったと思う。

会社が斡旋している無料のカウンセリングがあるとのことで、電話で予約を申し込んだ。

行ってみると、そこはマンションの一室を借りた部屋だった。

中に入ると、対面のイスと真ん中に机がある部屋に通された。

いかにもカウンセリングのためのっていう雰囲気の部屋だった。

そこで小一時間くらいはしゃべっただろうか。

先輩との人間関係がうまくいっていないことを話した。

そうすると最後に絵を書かされた。

「初めに川を書いてください、次に山を書いてください。

その次に窓のある家を書いてください」、そんな感じだ。

ほかにも太陽や生き物を書いたように記憶している。

でも、それがなにかは教えてくれなかった。

そのカウンセラーのところには二、三回通った気がする。

でも結局、解決の緒は見つからなかった。

話を聞いてもらって、それで終わりだった。

だから、こんどはきちんと心理療法のあるところにしようと思い、会社を通さずに自分が良さそうだと思うところに申し込んだ。

大阪にある心理カウンセリングだった。

少し寂れた外観のワンルームマンションで、階段を上がって四階にある部屋だった。

中に入るとキッチンがあって、奥に雰囲気のよいカウンセリングルームがあった。

心地いい音楽も流れていた。真ん中に机があって、まわりに椅子が五、六脚あった。

座る席は対面ではなく斜め横。このほうが落ち着いて話せた。

カウンセラーの雰囲気はとても穏やかで、優しい兄貴のような存在だった。

歳も五、六歳くらい上だったと思う。

先輩との関係を認知行動療法を使って書いたり、催眠療法をやってもらったりした。

認知行動療法は、書いてみると効果があり、

「あなたが友だちの立場だったらなんというか」

「最悪を考えた場合どんなことが考えられるか」などの質問があり、
最終的には自分はこれでいいのだという気づきが得られた。

このカウンセラーのところには五回以上通い、いまでもとても感謝している。

結局はうつ病になってしまうのだが、たくさんのフラットな考え方を得ることができた。

株、ＦＸで負ける

東日本大震災の少し前から投資を始めていた。

当時は会社を辞めたくて、辞めたくてしかたがなくて、
投資をすれば一攫千金を狙えるのではないかと本気で思っていた。

株やＦＸ関係の本を読んだり、ネットを見たり、専門のメルマガに登録したりしていた。

勝てると信じ込んでいた。明るい未来があると信じてやまなかった。

最初は三十万円ほど儲けていた。東日本大震災の前までは、成績はうなぎのぼりだった。

それが一夜にして暗転した。急に株価が下落を始め、為替は円高が進んだ。

あれよ、あれよというまに、株価はどんどん下降していった。

負債はみるみるうちに膨らんで、株とＦＸをもっていることが辛くなってきた。
そのように負け越していても、「まだ勝てる、いつか株価は上がる」と思っていた。
そんな楽観的な投資では、うまくゆくものも失敗するしかなかった。
奥さんに「やめろ」と言われるまで、やめることができなかった。
株の売買をイチャ株と呼んでいた。夫婦でイチャイチャしながら株をしていたからだ。
勝っていたからそんな楽しい会話になっていた。
夫婦ともども投資をすれば、勝ちは二倍になると思っていた。完全に浮かれていた。
奥さんから、「もう我慢できない、どこまで負ければ気がすむの」と言われた。
「だいじょうぶ、株価は上がるから。ＦＸもいつか円安になる」
そう言い返していた。
いま考えれば、それは自分を信じたいだけの、せいいっぱいの言いわけだった。
奥さんの強い要望もあって、泣く泣く投資をやめることにした。
終わったときには五十五万円の損に終わった。
自分はバカだと思った。奥さんもほとほと呆れ返っていた。
別れるまで、そのことを根にもっていた。
当然だ。なけなしのお金をすってしまったのだから。

しかも、投資で負けたショックで胸が苦しくなった。
心臓を鷲掴みにされているような、そんな不安障害に駆られた。
胸が締めつけられる。息がしにくい。
人生で初めて、心の底からの恐怖を覚えた。
うつ病の苦しみに追い討ちをかけられたようで、ダブルで苦しかった。
自業自得なのだが、ぼくはさらに寝込むことになってしまった。

一週間のうつ地獄

休職生活が始まってからのぼくは、絶望感に打ちひしがれていた。
気力が低下していたのだ。
やる気をふり絞ろうとしても出ない。
やる気がないのではなく、出てこないのだ。
どんなに踏ん張ろうとしても踏ん張れない感じ。
自分の意志ではどうすることもできなかった。
やる気が出ないことがこんなに辛いことだなんて……。
その感覚に、ぼくは絶望していた。

それでも、家族で暮らしているのだから、自暴自棄になるわけにはいかなかった。
うつで苦しみながらも、なんとか冷静さを保っていた。
しかし、加えて興味・関心も喪失していた。
あれだけ楽しかった漫画が読めない。
本も読む気がしない。テレビも見る気がしない。カラオケに行く気もしない。
なにもやる気がしなかった。
奥さんは、「好きなことをやったら」と言うが、それができない苦痛を感じていた。
「ぼくの体は、いったいどうしてしまったのか」
とにかく、ひたすらベッドで寝ているしかなかった。
布団の中で、右にゴロゴロ、左にゴロゴロして、
「あーでもない、こーでもない」、「早く体が回復してほしい」とずっと考えていた。
ご飯を食べることはできていた。
食欲はなぜかあった。これにはずいぶん救われた。
奥さんの手料理が美味しかったということもある。
出てくる料理、出てくる料理が、みんな美味しいのだ。
結婚していてよかったと、ほんとうに思ったものだ。

性欲はというと、ぜんぜんなかった。なにかをしようという気が起こらない。
食欲はあっても、「やっぱりぼくは病気なんだな」と思った。
まったくなにもできないこの状態は、一週間つづくことになる。
食べるときとトイレに行くときだけ起きる。あとは終始寝たきり。
布団の中でもぞもぞし、苦しさに耐えるのみだった。
不安と絶望感、やる気の低下、興味関心の喪失――。
そのどれもが早く回復してほしい、それだけを願ってやまなかった。
そうして、辛い辛い一週間が過ぎた。

新型うつの良いところ

ぼくの場合、一週間が過ぎたころ少し動けるようになった。
だから、「漫画でも読もうかな」と思いたった。
とはいえ、読むスピードはとても遅い。
一冊二時間くらいをかけて読んでいたものが、四時間くらいかかるようになる。
なぜか内容が頭に入ってこないのだ。
だから、ゆっくりと、苦痛を感じながら読んでいた。

漫画は楽しいのだが、うつ症状が辛い、苦しい。
でも、漫画を楽しめるようにはなった。
興味関心の喪失が「少し和らいだのではないか」、そういう嬉しさもあった。
とにかく漫画が読みたいという一心で、全巻セットの大人買いをした。
朝から晩までひたすら読んだ。会社に行っていないのだから時間はたっぷりあった。
ひたすら楽しいことに没頭することができた。
来る日も来る日も漫画に没頭する日々。
三週間くらいはつづけていただろうか。
次にやったのが、昔の懐かしいドラマを見ること。
ネットのＤＶＤレンタルを利用して、毎日大量のＤＶＤを借りていた。
それをこたつに入りながら見まくる。
「とにかくやりたいことをやろう」という気持ちが、心の内にあった。
こうやって書くと、「なんだ、元気ではないか」と思われるかもしれない。
それが新型うつの良いところだ。
会社では辛くて逃げ出したくて回路も組めなくなったが、
家にいると元気が出てくる、なにかをしようという気が起こる。

ぼくの場合、それは一週間くらいでやってきたので、症状は軽いほうだと思っていた。

もちろん、当の本人はうつの苦しさに打ちひしがれている。

軽症といっても、これまで味わったことのない辛さだったのだから。

それでも、うつの本を読んだり、ネットを見たりしていると、
自分よりも苦しんでいる人がいることがわかった。

そういう人と比較して、「自分はそこまで重症ではないな」と思っていた。

「地獄の日々を送ったけど、一週間で動けるようになったぼくは幸せなほうなのかな」

しかし、スパッと治るはずもなく、うつうつとした状態が二か月以上もつづくことになる。

当初は一か月で職場復帰する予定だったのだが……。

職場復帰へ

不安な日々がずっとつづいていた。

なぜだかわからないが、不安な気持ちになるのだ。

そんななか、一か月の職場復帰の期日が迫ってきた。

「この体調で戻れるのか」とよくよく自分と相談した。とても戻れる気はしなかった。

五月六日のゴールデンウィーク明けまで、もう一か月ほど延ばしてもらった。

ただ、家にいるとそれなりに活動的に動くことはできた。

漫画は読めるし、テレビも見ることができた。

掃除、洗濯、料理もできるようになっていた。

辛かった買い物も、奥さんと一緒に行けるようになった。

「ずいぶん回復したな」と思えるようになってきた。

絶望感も強くは感じなくなった。

うつ病は、「振り子が揺れるように良い悪いを繰り返しながら回復する」と言われる。

ぼくの場合は、一直線に良くなっている感じがしていた。

家で趣味に勤しんでいると、だんだんと体の調子が良くなってきた。

「薬を飲んで安静にしていると、ほんとうに良くなるんだ」と実感していた。

でも、「気力と自信はまだまだ回復していない」とも感じていた。

会社に行こうという強い意志もないし、やれるという自信もない。

ただただ、復職期限が迫ってくるのが恐怖だった。

でも、会社に戻らねば生きてゆくことはできない。

会社に戻ることを考えると不安でしようがないから、なるべく考えないようにしていた。

このときの主治医の先生は優しかった。

どこか他人行儀だったが、おっとりとしていて人あたりがよかった。

対応に事務処理的なところはあったが、ぼくにはそれが心地よかった。

優しいがサバサバしている、そんな感じだった。

二種類の薬をもらっていて、「薬を飲んでも、効き始めるのは二週間後」と言われていた。

当時は薬が効いていたように思う。

二週間後には、体がそれなりに動かせるようになった。

最初の二週間は自然回復、それ以降は薬の作用で良くなっている感じがしていた。

「この調子なら薬で維持できるかな」と思っていたら、「強めの薬に変える」と言われた。

うつ病は見えないところで進行するから、「薬を強化して備える」ということだった。

そのおかげもあり、ぼくの体調はみるみる回復していった。

薬と休養。これが大事なのだと思い知らされることになった。

こうして約束の職場復帰の期日がきた。

正直、会社に行けるか不安だったが、なんとか体にムチを入れて出社した。

すると、意外にやれる自分がそこにいた。

「このままうつ病とはオサラバできる」と思った。

第二章

予期せぬ再発

チームを異動する

職場に復帰してからは、それなりに働けていた。

だんだんと不安感や絶望感が薄れ、仕事に集中できるようになっていった。

オーバーワークでパンクしてしまった頭も、それなりにキレが戻ってきていた。

このころは、パニック障害で苦しんでいる先輩と隣だった。

先輩は発作がくるのが怖いと言っていた。

東日本大震災のときも発作がやってきて、

「その光景を見ているだけで涙がポロポロと出てきた」と言っていた。

うつも辛いけれど、パニック障害も辛いのだなと同情していた。

似た病気に悩める者どうし、親近感を抱いていた。

「一緒に病気を克服したい」と思った。

そんなころ、ぼくは会社の同期と一緒に仕事をすることになった。

同期の部署が外部に発注した設計回路にミスがあって、
その問題箇所を調べて正常に動く回路に修正する仕事だった。

回路設計のスペシャリストとして、おかしな回路を元に戻す仕事にやりがいを感じていた。

シールドルームにこもって、検証作業を始めた。

回路におかしいところがないかと、アウトプットしている端子を調べる。

やっぱりおかしい。

内部の回路の点検を始めた。

他人の書いた回路はわかりにくかったが、三か月くらいをかけてやっと原因を特定できた。

中身は複雑だが修正箇所は少しで、回路修正にそれほど時間はかからなかった。

結果を上司に報告すると、よくやったと褒められたことを覚えている。純粋に嬉しかった。

復帰して最初の仕事だったのでこなせるかどうか不安だったが、
見事やり終えることができて、とても満足した。

しかし、修正するとまた新しい課題が出る。それでもなんとか原因を見つけて修正する。

そういう仕事をなんとかやり終えたある日、チーム異動があった。

上司に、「なにかやりたい仕事はないのか」と聞かれたことがあって、
前々からサポートの仕事を希望していたのだ。

サポートといってもお客さま対応ではなく、部署全体の仕事効率を上げるサポートだった。

ぼくは第一線でバリバリ設計をやるよりも、
縁の下の力持ちとして人の陰にまわるほうが性にあっていると思っていた。

チーム異動を終えたぼくは、「さぁ、やるぞ」と意気込んでいた。

しかし、これがアダとなった。

上腹部の痙攣が治まらない

チームを異動してからというもの、意気揚々と働くことができていた。

うつの影はほとんどなく、バリバリ働いていたころと同じ水準で仕事ができていた。

薬はずっと飲んでいたが、とくに不安もなかった。

あるとき、OSのインストールの仕事を頼まれた。

ウインドウズではなくリナックスだったために、ぼくはやり方がわからなかった。

先輩が教えてくれるというので、パソコンが置いてある部屋に入っていった。

そこで先輩の説明をメモしながら懸命についていった。

先輩はていねいに教えようとしてくれたし、ぼくもわからないことをこと細かに聞いた。

それでも詳細説明が飛ぶことがあって、

「もっとていねいに教えてくださいよ！　初めてでわからないんですよ！」

ぼくは声を荒げた。

先輩はホトホトあきれはて、

「教えてるじゃないか、じゃあ知らんわ」と言い残してタバコを吸いに行ってしまった。

「やってしまった！」という思いもあったが、もっとこと細かに教えてもらいたかった。

しかたがないと、先輩がタバコを吸い終わるのを待っていた。

帰ってきた先輩に、「もう少していねいに教えてください」と言うと先輩は、

「じゃあ上司のところに行こう」と言って、上司に相談に行くことになった。

ぼくは、「ていねいに教えてほしい、仲良くしたい、怒っているのではない」ことを伝えた。

先輩は、「わからないことは自分で調べるなどして解決する力をつけるべきだ」と言った。

「子どもじゃないんだから」とも言われた。

上司も、先輩の意見は一理あると言って、
結局はぼくがわがままを言っているだけのかたちになってしまった。

ぼくが詳細を教えてもらいたいと思ったのは、
インストールの手順をマニュアルにしてほしいと依頼されていたからだった。

マニュアルを作るからには、一から十までていねいに書かなければならないと思っていた。

それで先輩に懇願したのである。

その場はそれで終わったが、「聞いてくれたら教えてあげるよ」と言ってもらったので、
十分おきくらいに先輩にわからないことをたずねた。

仕事をたくさん抱えている先輩には、たてつづけの質問はそうとうウザかったと思う。

それでも嫌な顔もせずに、ぼくがわからないところを教えてもらった。

ぼくも、できるだけ自分で調べるようにして、
手探り状態のなかで、なんとかマニュアルを作ることができるレベルにまでもっていった。

しかし、このとき異変を感じていた。

なぜか息苦しい。

呼吸がしづらい。

自分の体を顧みるとお腹が痙攣《けいれん》していた。

先輩とバトったときの後遺症だった。

自分が強く主張して引き下がらなかったせいで、体がおかしくなっていた。

自分ではどうすることもできなかった。

ひたすら上腹部の痙攣と戦いながら仕事をしていた。

結局、この痙攣は治まるまで半年以上つづくことになった。

自業自得とはいえ、辛かった。

オーバーワークで再発

チームを異動してから、「このチームのためにがんばらなきゃ」、そう思っていた。

自分がうつ病で休んだことはみんなが知っていたが、迷惑はかけたくない。

「自分はもうだいじょうぶなのだと、アピールしなければ」と思っていた。

いま考えれば、そのような思考が良くなかったと思う。

ぼくはこのとき、Ｗｅｂシステムの構築の仕事をしていた。

女性の先輩の補助的な仕事だったが、ＰＨＰ言語に自信があったし、なにより、「やれる」と自分を信じ込ませていた。

じっさいに取り組んでみると、難しくはあったがやれるではないか。

このていどならぼくの頭でも設計ができる。

「やれるのだ」ということを実感しながら仕事に取り組んでいた。

二週間くらいはシャカリキになっていた。

そうして設計も佳境に入ったころ、急に頭が回らなくなってきた。

「おかしいぞ。だんだんできなくなってきた」

また頭が回らなくなったのだ。

「もしかして……」

案の定、うつの再発だった。

原因はオーバーワークだった。自分の限界を超えてしまっていたのだ。

やれると思っていただけに途方に暮れた。
急に頭が空回りを始め、思考が鈍化してしまった。
前にも感じたことのある感覚だった。
これはやばい、すぐに上司に報告した。
「また頭が回らなくなって、回路が組めなくなりました。でも、なんとか頑張ります」
もちろん頑張れるはずもなかったが、再び休職するわけにはいかなかった。
心身ともに調子は良かったのだから。
そこからは少しペースを落として、報告書の作成を仕事にした。
しかし、報告書を書くにしても文章が思いつかない。文章が正確に組み立てられない。
これはおかしい。でも、仕事を放棄するわけにはいかない。
半ば回らない頭で、それまで担当した仕事のまとめをパソコンで編集していた。
その報告書を提出した数日後、ぼくは二度目の休職に入る。
思考回路はもうボロボロだった。
とても仕事ができる状態ではなかった。
再度の休職なんて情けないことはしたくなかったが、どうしようもない。
二度目の休職に入らざるをえなかった。

そこからまた、辛い辛い地獄の日々がつづくことになった。

替えた主治医に追い出される

ぼくは、再発して休職する二か月ほどまえの十二月ころに主治医を替えていた。
そのころは調子も良かったこともあり、
通勤に便利な駅構内にある心療内科の医院に転医したのである。
その心療内科は評判も良かった。
先輩に通っている人がいたし、「その医院はいいよ」と教えてくれる先輩もいた。
とくに迷いもなく主治医を替えた。
替えたあとも、同じ薬を継続することになった。
主治医は目がギョロッとしていて、白髪まじりの明るいおっちゃんふうだった。
体はわりと細く、人あたりもよい感じ。しゃべり方も軽快だった。
この先生に、「うつは車にたとえられる」ことを教えてもらったのだ。
心はアクセルを踏んで前に進もうとするが、
体がブレーキをかけているから前に進めないのがうつだ。
しかも焦りや不安のガソリンが燃えている。

だから、体は急激にダウンして、エンジン停止状態にあるのがうつ。

そんな説明を受けた。

まさにそのとおりだと思った。

前に行こうとするけれど前に進めない、そんな感じだ。

それから少したったころ、上腹部の痙攣が治まらなくなったので相談したが、
そのときに出された薬では治らなかった。

そうして休職に入るとき、診断書を書いてくれるよう先生に頼んだ。

ぼくはそのとき、六か月の診断書を書いてくれるように迫った。

しかし、先生は「六か月の診断書は書けない」と言われた。

ぼくは引き下がらなかった。

「なんとか書いてくれないか、そうでないとゆっくり休めない」と。

しかしＯＫが出ることはなかった。

それで先生と口論になってしまった。

「書いてくれ」、「いや書けない」、そんな押し問答が十五分くらいつづいただろうか。

ぼくは怒って、「書いてくれないならお金は払えない」と言った。

主治医は、「それじゃあ払わなくていい。帰ってくれ」

そのときは奥さんも一緒に診察室にきてくれていて二人で話を聞いていたが、
「あんな先生から診断書をもらう必要はない、先生のくせに感情的になりすぎだ」
奥さんも怒ってそう言っていた。しかし、あとでわかったことだが、
六か月の診断書を書いてくれる病院なんて、どこを探してもなかった。
ほとんどの病院が、三か月が限界だと言っていた。
それがわかって、もう一度診断書を書いてもらいに行ったが、門前払いされた。
「お金を払わない人は、二度と診察を受けることはできない」。
最初の契約時の同意書に、そう書かされていたのだ。
ぼくは青ざめた。診断書がなければ会社を休むことはできないからだ。
「三か月でいいので診断書を書いてほしい」と頼んだが、受け入れてはくれなかった。
完全にそのときの主治医を怒らせてしまったのだ。
ぼくはその病院を追い出された。
しかたなく、家から少し離れた心療内科に行って、事なきを得ることとなった。

奥さんのありがたさ

ぼくは再び休職することになったが、奥さんは終始優しかった。

「うつになっちゃたものはしようがない。家でゆっくり寝ているしかない」

そう言って、ぼくの休暇に寛容だった。

それからのぼくはまた、家事もできない暮らしになった。

掃除、洗濯、料理、なにもできなくなった。

近くのスーパーに行くこともできない。

大好きな漫画を読むこともできない。

好きな映画を見ることもできない。

なにもできなくなった。

布団をかぶって、ずっと不安な日々を暮らしていた。

「なにもすることがなくて暇だ」という心境にはならなかった。

暇どころか、この一分一秒が辛い。

早くこのしんどさから抜け出したい。

そういう心境だった。

ベッドの中でずっとゴロゴロしていたと思う。

そんなぼくにさえ、奥さんは優しかった。

掃除は率先してやってくれるし、洗濯もきちんと洗って干してたたんでくれる。

料理も二人ぶんをきっちりつくってくれる。
身のまわりの世話はなんでもやってくれた。
唯一のぼくの仕事は、ペットの猫にえさをあげることだった。
しかし、当時はそれすらも辛かった。
ベッドから体を起こすことがしんどい。
トイレに行くのも命からがらだ。
ご飯を食べに隣の部屋に行くのだって辛い。
でも、食べなければ死んでしまう。
とにかく「這ってでも生きなければ」という心境だった。
当時はまだ、死にたいとか、人生終わりだということは考えなくて、
「ひたすら生きなければ」という思いだった。
このころは不安感、絶望感、無気力感がぼくを襲っていた。
一回目の休職のときと似ている。
やるせない感じ。
人生に悲観的な気持ち。
やってしまった、という感情が強かった。

風呂に入るのもしんどかったが、奥さんが「一緒に入ろう」というので入った。
なにも話す気になれなかったが、奥さんは黙って見てくれていた。
ぼくをけなすこともしなかった。
ただただ、愛情で見守ってくれていた。
ぼくはそんな奥さんの気持ちに感謝した。
「夫婦って、なんてありがたい存在なんだ」
そう思ってやまなかった。
そうして毎日を無為に過ごし、復帰することを夢見ていた。

三週間のうつ地獄

一回目のときは一週間くらいで動けたが、
二回目の休職は動けるようになるまで三週間くらいかかった。
とにかく一日中ベッドで過ごす。
やることといったら寝ている向きを変えるだけ。
ひたすらベッドで寝返りを打っていた。
とにかく辛かったのを覚えている。

季節は冬を終え、綺麗な桜が咲くころだった。

なにもしていないのにこんなに辛いなんて。

なにかをする気が起こらない。

猫と遊ぶ気も起こらない。

ベッドで寝ていると足元にやってきてくれるのだが、遊ぼうという気持ちがしなかった。

外では華やかな花が咲き誇っているのに、自分は布団にうずくまっている。

自分がなんだか、ちっぽけな存在に思えた。

自分で自分を罵《ののし》ることもあった。

「なんてダメなやつだ」

「ちょっと気合を入れただけでこのザマだ」

「ほんとうに情けない」

そんなことをブツブツ言っていた。

そして一回目の休職と同じように、また睡眠障害が出た。

それもまた三日間。

入眠はうまくゆくのだが、朝早くに目が覚める。

そこからが眠れない。眠りに落ちない。

目がパッチリと冴える。

これには困った。苦しくて辛いのに眠れない。

辛さに耐えながら起きているしかなかった。

ずっと悶々《もんもん》としていたと思う。

ずっと奥さんにくっついて寝ていた。

朝になって奥さんが起きる。

「おはよう」と言う元気もなかった。

うつうつとした気持ちは、それから三週間つづくことになった。

三週間は地獄だった。辛い、辛すぎる。

早く症状が改善されてほしい。

薬を飲んでいたのに、なんでまた悪化したのか。悔しくて、悔しくてしかたがなかった。

医者のせいでもない。薬のせいでもない。

それはわかっていたけれど、残念でしかたがなかった。

「いつになればぼくの病気は治るんだろう」

「早く治して職場復帰しないといけない」

とにかく安静にしているしかなかった。

実家に帰ったときに兄貴のお嫁さんに
「なんかいつもと違うと思ったら、太ったんだね」と言われた。

よく食べたせいか、よく眠るようにもなっていた。

毎日十時間くらいは眠るようになっていたように記憶している。

それも異常だったが、眠られないよりはいいと思っていた。

薬も飲まないで十時間も眠られるなんて、幸せなことだと思っていた。

繰り返すが、体は苦しいがご飯は食べられる。睡眠も充分すぎるほどとれ、本も読める。

並みの生活ができることに喜びを感じていた。

苦しんでいたが、「きちんとした生活も送れているではないか」と、少し安堵していた。

熊本旅行に行く

五月になると体調も良くなって、どこか旅行に行こうと奥さんと話した。

神戸空港を使ってみたかったので、飛行機で遠いところに行こうということになった。

九州にはほとんど行ったことがなかったので、熊本にしようと決めた。

「くまモン」がブームになりかけていたころだった。

チケットや宿の手配はぜんぶぼくがして、二人で意気揚々と旅行に出かけた。

二泊三日の贅沢な旅の始まりである。

初日にレンタカーを借りて、空港から長崎の天草のほうまで頑張って足を延ばした。

これが良くなかった。

三時間くらい運転すると、腹部の痙攣が極端に強くなった。

これはきつかった。運転ができない。

奥さんに運転を代わってもらって、ぼくはとなりで寝ているだけだった。

これで一気に調子を崩してしまった。

それでも楽しまなければ損だと、一日中歩き回った。

二百段くらいある高い塔にも登って、記念写真を撮った。

「天草四郎メモリアルホール」にも足を運んだ。海岸通りも歩いて堪能した。

夜は案の定、バタンキューだった。

睡眠には自信があったので、眠れるだけ寝た。布団に入るとすぐに熟睡できた。

朝起きると体が少しマシになっていて、次の日も頑張って動き回ることができた。

熊本城や阿蘇山に行った。

奥さんが観光情報をバッチリ調べてくれていたおかげで、スムーズに回ることができた。

ご飯もおいしいものが食べられた。おいしかったつけ麺屋には二回も行った。

うつうつとした日を過ごすことの多かったぼくには、この旅行はかなりの息抜きになった。

久々に太陽の光を長時間浴びた気がする。

帰ってきてからはホトホト疲れ果ててまた寝込んでしまったが、
それを差し引いても有意義な時間を過ごせた。

夫婦で行けたことが良かった。楽しさが二倍になった。

このころは無口になることが多かったが、旅行中はしゃべりまくっていた。

とにかくいい旅行だった。

そんな思い出が記憶に蘇る。

会社が心底嫌だった

「会社を休んでなにをしているのだ」と思うことも多かったが、
会社から逃げられていることでホッともしていた。
頭をひねるような難しい仕事をしなくてもいい、
うまくいかない、煩わしい人間関係に悩まされることもない。
ストレス・フリーな自由を満喫していた。
それでも、いまの自分は仮の姿だ、仮の自由だと思っていた。

いつかは会社に戻らなければならない。
それがとても嫌だった。
できれば、このまま遊んで暮らしていたい。
でも、そんな甘甘な考えはとても子どもじみていた。
駄々っ子の発想だった。
会社から逃げおおせて安堵する気持ちはあったが、
会社のことを考えると嫌な気持ちになった。
会社のことを思い出してみる。
オーバーワークでＷｅｂシステムが組めなくなったことが悔やまれる。
あのときどうすればそれを回避できたのか。
そんなことを振り返るが、回避する方法など考えなかった。
体には特別なサインはなかったのだから。
当時はやれると思っていたけれど、限界が意外と浅かったことに愕然とした。
「自分はこんなにもやれない人間なのか」
踏ん張りが効かない自分に失望もしていた。
「もう少しペースを落としてやればよかったのではないか」

「そんなことはない、嫌々でも、あのときは絶好調さを感じていたんだから」

「いやいや、ペースがどこでどう狂ったかわからなかったではないか」

「自分なりに精一杯やった結果なのだ。後悔もあるがしかたがない」

そういう思いも一方ではあった。人間関係もそうだった。

「あのとき先輩に楯突かなければ、もっと長く仕事ができたかもしれない。

腹部の痙攣はなかったかもしれない」

そう思うと悔やまれる。調子に乗っていた自分が恥ずかしい。

もっと謙虚な態度で教えを請うていたら、違った結果になっていたかもしれない。

先輩が機嫌を損ねるようなことを言うべきではなかった。

「自分の感情をもっとコントロールできていれば……」

そんなことを思うことが多かった。

オーバーワークはともかく、先輩とのイザコザに関しては、すべて自業自得である。

自責の念に駆られることが多かった。

すると、「会社って、なんてめんどくさいところなんだろう」という思いが湧き上がり、
やがて会社が心底嫌になっていった。

逆に、自由に暮らせる環境に大きな喜びを感じていた。

わずらわしいことは、いっさいない。
奥さんとけんかをすることはあったが、それは自分の感情をすなおに出した結果だ。
ストレスが溜まることはなかった。
いま考えると、それも間違いだったのだが……。
とにかく、会社のことを考えると、嫌で嫌でしかたがなかった。

第三章

悪化するうつ

「幸せワークショップ」でうつが悪化

二度目の休職に入って半年が過ぎたころ、ぼくは東京にいた。

「幸せに関するトレーナーになりたい」と思ったからだ。

幸せとはなんなのか。

どうしたら幸せになれるのか。

会社で働いて打ちひしがれたこともあって、「幸せになりたい」という想いが強かった。

あるとき、「幸せに暮らすには、自分がワクワクすることをやればよい」

そう書いてある本にたどり着いた。

「いちばん好きなことを仕事にしろ」ということだった。

「なるほど」と思い、それに関連するワークショップに参加することにした。

「幸せを教えるトレーナーになれる」ということに興奮した。

幸せを教える先生になることが自分の幸せに繋がる、そう思った。

幸せになりたい人と話すことができる。

自分も幸せを教えることができる。

「それって、とっても幸せなことなのではないか」

そう思って、一年に一度だけ東京で開催されるトレーナー養成講座に参加した。

体もだいぶ良くなっていたので、一大決心をして、新幹線のチケットを買った。
トレーニングは四日間あった。ところが、初日を終えただけで頭が痛くなった。
この半年間、外の人と話すことがほとんどなかったからだ。
ホテルに帰ってから、奥さんに電話で頭痛のことを伝えた。
「久びさに人と喋ったんだからしゃーないよ」と言われ、「そうだね」と納得した。
その日は十時くらいに寝て、次の日の朝に備えた。
二日目はうまく人と話せたこともあり、満足感に満たされた。
トレーナーの先生は明るくて楽しいし、周りの生徒たちも良い人が多い。
「やっぱり幸せに向かって進んでいる人たちは雰囲気も幸せなんだな」と思った。
優しくて気さくに話をしてくれる。
そんな人たちに囲まれているだけで、自分も幸せな気持ちになれた。
しかし、その講座が終わって帰宅したあと、体に異変を感じた。
体がどんどんしんどくなっていった。体がだんだん動かなくなるのを肌で感じた。
「あんなに満足したワークショップだったのに、この辛さはなんなんだ」
「躁うつ」から「うつ」に落ちてしまったような気分だった。
久びさに人と長話をして刺激が強すぎた結果だったと思う。

あわてて主治医を訪ねて、体調が悪くなったことを話した。
薬をもらって飲んだものの、こんどは極度の不安障害の症状が出てきた。
心臓をグーでつぶされる、両手で挟み込まれているような強烈な不安と焦りを感じた。
これに耐えるのは困難に思えた。
あまりにしんどくて、二週間後の約束を無視して主治医に助けを求めた。
いちばん即効性のある薬を懇願して、すぐさま飲んだ。
それでも、効き目が現れるまでには最短でも四、五日かかると言われた。
そんなに待てないと思った。
いまにも不安に押しつぶされそうな心境で動けなかった。
これまでにも動けないことはあったが、不安や焦りで動けなくなる経験はなかった。
日本刀で体を真っ二つにされ、心臓を握りつぶされるような心境だった。
胸のあたりがとくに苦しかった。
差し込むような不安と恐怖。
「強烈な不安や焦りが出たときはこれを飲むとよい」
舐めるとすぐに溶けて効くという薬を主治医からもらっていて、それも飲んだ。
不安や恐怖はぼやけ、なんだか心が少し和らいだ気がした。

でも、次の日にはまた、朝から恐怖の日々が始まった。

「そんなにしょっちゅう診察にこられても困る」

「薬は限界まで出しているのだから、ようすを見るしかない」

「強い意志が必要だ」とも、主治医は言う。

症状をぼやかす薬はそれ以降は一度しか飲まなかった。

「自分の力で不安と恐怖を押し込むんだ」と、気合と根性で耐えていた。

しかし、意識が朦朧《もうろう》とするなか、やがて悶絶して一歩も動けなくなった。

「あのワークショップに行かなければよかった」

「いや、健康なときに行くべきだった」と後悔した。

三か月の寝たきり生活

この苦しみから、寝たきり生活が三か月つづくことになった。

この病状は、これまでのうつ生活で最悪だったと記憶している。

体がまったく動かない、動かそうとしても動かないのだ。

一週間たっても、一か月たっても、体が動く気配がない。

もちろん、外に出ることもできない。

あまりの苦痛に体が固まってしまっていた。
お風呂に入らないこともよくあった。三日入れないことはザラだった。
それでもトイレには行かなければならない。
ご飯も食べなければならない。
死ぬ思いで行動を起こしていた。
トイレや食事を終えたあとは、すぐベッドに戻る。
しんどくて起きていられないのだ。
体がベッドに吸い寄せられている気がした。
とにかく、一日中ベッドの中にいる。気分も最悪だ。
不安な気持ちはあるし、絶望感もある。人生の終わりなのだと思っていた。
それ以上のことはなにも考えられないほど、「苦しい、苦しい」と悶絶していた。
「なにかしなければ」と漫画を読むも、内容が頭に入ってこない。
一冊を読み終えるのに一週間かかってしまう。辛くてページが進まないのだ。
このころは、ほんとうに苦しかった。
「東京になんか行くのではなかった」と悔やんだ。
オーバーワークで休職したときもそうだったが、

自分がこんなになるとは、まったく予想していなかった。

当時は、自分ではイケると思ってこなしていたことが、気づいたら限界を超えていたということはよくあった。

「どのくらいやれば限界か」がわからないのは辛かった。

東京に行ったときも、帰ってくるまではふつうで、これからはどんどん良くなるように思えていた。

自分では知らないところでストレスがたまっていたのかもしれない。

「自分はほんとうに弱い人間だ、ダメなやつだ」

しょっちゅう自責の念に駆られていた。

とにかく、体が動かないので寝ているしかない。

家事はまったくできなくなって、すべて奥さん任せになっていた。

このときのことは感謝してもしきれない。

これまでのうつ人生のなかで最悪のしんどさにもかかわらず、奥さんは文句一つ言わずに親身になって身のまわりの世話をしてくれた。

体の動かない自分が情けなかった。申しわけないと思った。

かといって、自分でどう体調を整えればよいのかわからなかった。

薬を飲んで寝ることだけが回復方法だった。

玄関で三時間固まる

このころは、ずっとぼーっとしていた。
口をポカンと開けたまま、玄関の前で立ち止まっていることが多かった。
べつに外に出ようと思ったわけではない。
なにかをしていたほうが気が紛れるのではないか。
そう思って、玄関の前で三時間も固まっていた。
ずーっと、ずーっと玄関のドアを見ていた。
なにも考えていない。ひたすらにドアを眺めつづけていた。
「はぁ〜、辛い」なんてため息を漏らしながら、壁に寄りかかっていた。
ひたすら意味のない、固まるという行為に徹していた。
なにかが好転することを期待していたわけではない。
ただ、そうすることでなにかに繋がるのではないかと……。
成果はまったく得られなかった。
でも、布団で寝ているよりは、いくらかマシな気がしていた。

ずーっとぼーっとしている。ナマケモノみたいだった。
いや、ナマケモノのほうがもっと動くだろう。
餌をとるときには自ら動くのだから。
ぼくはというと、餌が勝手に出てきて、それを一時間くらいかけて食べる。
箸を動かすのも辛いのだ。
食欲はある。でも体が動かない。
なんとか箸でご飯をつまみ、ゆっくりと口に持っていく。
おかずを取る手を伸ばすのも辛い。
寄せ箸で、ようやく自分の手もとに引き寄せるのが精一杯の抵抗だった。
なんとかご飯を口に運ぶ。
もぐもぐと噛む。
味ははっきりとわかる。
うつ病になると、食欲がなくなるばかりか、味覚もはっきりしなくなる人は多い。
でも、ぼくにはそれはなかった。
それが唯一の救いだったと言ってよいかもしれない。
ご飯は食べられるし、睡眠もとることができる。

うつ病の程度でいえば、中症くらいだっただろうか。
それでも、体がかなりしんどいことには変わりない。
押し入れをずーっと見ていることもあった。
押し入れを開け、中をずっと見ているのではない。
引き出しを見ているのではない。
開けた押し入れ全体を、ただぼーっと眺めているのだ。
まったく意味はない。
行動がノロマになって固まってしまうのだ。
辛くて立ち止まらざるをえなかった。
「心が病んだだけで、体にまでこんなに影響が出るなんて……」
「やっぱり心と体は繋がっているんだな」と感じていた。だから、
「心が元気になれば、体も元気になるのでは？」とも思っていた。
しかし、心が元気になる方法がわからない。
歩くことも満足にできず、走るなんて、とてもできる気がしなかった。
ひたすらベッドで寝ているか、一点を見つめてつっ立っている。
ぼくにできることはそれくらいだった。

家と公園の往復の日々

ずっと家にいる日がつづいたので、そのことを主治医に相談すると、
「外に出て太陽の光を浴びたほうがよい」と言われた。
うつは脳内にある神経伝達物質のセロトニンが不足して、感情が不安定になる病気だ。
だから、太陽の光を浴びることでセロトニンの分泌を活発にし、
うつ状態を改善させようということだった。
このことは知識として前もって知ってはいたが、外に出かける気にはなれなかった。
しかし、主治医が言うなら実践してみようかと思った。
もちろん、かんたんに実践できるわけはない。
出かけようと立ちあがっても玄関までで、やっぱり家の中で寝るだけの日々だった。
「これではいつまでたってもおなじことの繰りかえしだ」
そう決心して、ある日、辛い体を引きずって外に出てみた。
その日は夏の太陽の日差しが強い日だった。
どんどん暑くなって、体から汗が吹き出す。
そんな状態で、ただ玄関の前にいるのでは近所の人から不審がられる。
思いきって、近くの公園まで行くことにした。

公園までは百メートルくらいだったが、遠く感じられた。

一歩一歩の歩みが遅い。

時速四キロメートルがふつうだとしたら、時速一キロメートルくらいだったのではないか。

ヨボヨボしているお年寄りや、よちよち歩いている子どもにまで抜かれる。

頑張って頑張って、やっとの思いで公園にたどり着いた。

どこにでもある一般的な公園だった。ブランコがあり、砂場があり、滑り台がある。

平日の昼間で、子どもたちの明るい声が響きわたるという雰囲気ではなかった。
一、二歳の子どもと母親の組みあわせや、
定年退職したおじさんが新聞を読んでいるような光景だった。
つっ立っていると不審がられると思い、とりあえずベンチに座った。
もちろんやることはない、ただじっと座っているだけだった。
夏真っ盛りだったので、とにかく太陽の日差しが強かった。
あまりの暑さと、体がしんどいのとで早く帰りたかったが、
帰ってもどっちみちやることはない。
しばらく公園にいすわることにした。
少し向こうに日陰のベンチがあったので、そこに座った。

そこでひたすら、ぼーっとしていた。
時間が無為に過ぎてゆく。
まったくなにもしないし、公園でも一人ぼっち。
だれかとしゃべろうという気もない。
うつになったら無口になってしまう。
ただただ時間が過ぎてゆくのを無心で待っていた。
それ以来、しばらくは家と公園との往復生活をすることになった。
一か月くらい、そんな生活がつづいただろうか。
公園にいても暇だという感覚がめばえてきたので、なにかしようと思った。
そのとき思い立ったのが、公園で漫画を読むことだった。
どうせすることがないのだったら、漫画でも読んでいたほうがよいのではないか。
スーパーのレジ袋に漫画を一冊入れて出かけ、公園で読みふけることにした。
読みふけるといっても集中はできない。
なんとなく頭をすり抜けてゆく絵とセリフを眺めながら、ページをめくった。
一冊読むのに二、三日はかかっただろうか。
とにかく、とんでもないスピードで漫画を読み進めた。

太陽の日差しが暑い。
でも、家にいても気が滅入る。外のほうがなんとなく気が紛れる。
たまに吹く風が体を爽やかにつき抜ける感覚を覚えた。
家では味わえない感覚だった。
外にいること、それに集中はできていないが集中している感覚で、
苦しさが少し麻痺してくれているように思えた。
それでも、少し休憩すると苦しさが襲ってくる。だから、ひたすら漫画を読みふける。
なにかしようとするのは苦痛だったが、
なにかしていないとそれ以上に苦痛を感じるのだ。
公園でいちどブランコをしたことがある。
ブランコに乗るなんて小学生のとき以来だ。
大の大人が平日の昼間からブランコで遊んでいる。なんて情けない姿だ。
浮浪者と思われてもしかたがない。
自分は病気なのだから。
久々にブランコに乗ると、少し高揚した。
高いところから降りてくる感じ、そしてまた、高いところに上がってゆく感じ。

その繰りかえしがなぜか楽しかった。

ぼくはジェットコースターが大の苦手だが、ブランコは充分に楽しめた。

子ども用の遊具だから当たり前か。

大人気なく三十分くらい一人で遊んだ。

楽しんだこともあって、うつの苦しさをほんのちょっと忘れることができた。

ブランコが終わるとまた苦しさがやってくるようで、止まらずに漕ぎつづけた。

二時間くらい遊んで家に帰り、昼ごはんを食べるとまた公園に出かけた。

公園に行くことがぼくの日課になった。

奥さんは、「外に出ることはいいことだよ」と言って、応援してくれていた。

嫌な顔一つ見せなかった。

こうして、ぼくの公園生活は二か月くらいつづくことになる。

引っ越しまでも奥さん任せ

今年もあと二か月というところで引っ越しをしようということになった。

奥さんは妊娠八か月ほどだった。

「いまの二Kでは狭い、子どもが育てられるもっと広い部屋に住みたい」

そういう奥さんの希望で家探しを始めたのだ。
しかし、ぼくはパソコンができなかった。
能力的にではなく、頭が回らなくてできなかった。
家の探し方がわからない。
どうやってネットを駆使するんだったっけ？
そんな状況だったので、家探しも奥さんに任せることにした。
自分でも住みたい家の候補はあったが、満足に検索できないのでしかたがなかった。
二週間くらい探していただろうか。
候補が四つくらいに絞られた。
「どれがいい？」と言うので、「三ノ宮の北側の家がいい」と答えたが、
「それは不便で困る」ということになった。
話しあいの結果、ぼくの会社の近くが便利でよいのではないかということになった。
奥さんの会社からは遠くなるが、
「定期が使えるようになるから、それでもいい」と言っていた。
ぼくにはそのほうがありがたかった。
こんどは、いま住んでいる家の退去願いを出さなければならない。

「怪我をしているわけでもないのに一日中ベッドにいるなんて……」

情けなくてしかたがなかった。

ひたすら趣味にのめり込む日々

そうして三週間が過ぎた。
一回目の休職以上に苦しい期間が長かったが、
それでも三週間がたったころには、少し行動ができるようになっていた。
漫画が読めるようになってきたのが嬉しかった。
本を読んでも頭に入る。映画を見ても内容が理解できる。
そんなあたりまえのことができるようになって、とても喜んだ。
このころは、とくにそれまで好きだったことにのめり込んだ。
昔の漫画をダンボールから取り出して貪《むさぼ》り読む。
時間はたっぷりとあったので、ひたすら読みふける日々だった。
二百冊くらいは読んだだろうか。くる日もくる日も漫画を読みつづけた。楽しい。
「自由ってこういうことなのか」
つかのまの自由を楽しんでいた。

漫画を読み終えると、こんどはＤＶＤを借りてきて、ひたすら見つづける日々になった。

昔のドラマやアニメ、洋画、邦画……。

自分が好きそうに思えたものは、なんでもレンタルして見まくった。

映画も百本は見ただろうか。とても楽しかった。

行動は制限されていたが、家で楽しめることはいっぱいあって、飽きることはなかった。

次の作品、次の作品と進むことが、なによりの楽しみだった。

ＤＶＤはどんどん溜まっていった。

それでもお構いなしに、片っ端から自分の好きなものを見つづけた。

夜になって奥さんが帰ってくると、お笑いのＤＶＤを二人で見る。

夫婦一緒で楽しめることが嬉しかった。

昼間は一人で楽しんで、夜は夫婦で楽しむ。

不安や絶望感はあったが、楽しめることにのめり込むことでそのことを忘れていった。

好きなことをするのは心の健康にいい。

「もうダメか」から「まだまだいけるかもしれない」と思わせてくれるようになった。

一日十時間くらい映画を見ることもあったが、疲れることはなかった。

このころになると、昼飯も買いに行けた。

もちろん苦しさもあったが、楽しさのほうが優っていた。

自分は生きているのだ、そう思える体験だった。

趣味に没頭することがぼくの生きがいだった。

「人生はワクワクすることをやるのがいちばんだ」

そのように思わせる出来ごとだった。

過食、過眠になる

うつになると、一般的には食欲がなくなって不眠がつづくようになる。

ぼくの場合、それは最初のころだけで、休暇が長引くと過食と過眠になった。

一日中家にいるのに、食欲が湧くのだ。

ご飯を茶碗いっぱいに入れても、まだおかわりする。

『まんが日本昔ばなし』に出てくるみたいにもっこりした量を食べたあとで、またおかわりしていた。

奥さんがつくるたくさんのおかずも、みんな平らげていた。

奥さんの五倍くらいは食べていたのではないだろうか。

とにかく、食べても食べても、まだまだ食べられた。

体の調子は悪かったが、食欲は昔にくらべて増していた。

いま考えるとおかしな話だ。

食欲がないのも問題だが、ありすぎるのも問題である。

不思議な気分だが、それでも食べられないよりはマシだと思って、バクバク食べていた。

三か月くらいたったころ、体重計に乗ってみた。

六十キログラムを超えていた。

当時のぼくの平均体重は五十キログラムだったので、二十パーセントも増えたことになる。

少し異常だった。しかし、体重が増えてとくに困ることはない。

ぼくの身長は百七十センチメートルだから、ＢＭＩ的な適性体重は約六十四キログラム。

それに近づいたとむしろ喜んでいた。

ぼくは太りたかったのだ。

それでチャンス到来とばかりにムシャムシャと食べつづけていた。

奥さんの目には異様だったようだ。

「食べすぎだよ」と怒られもした。

奥さんは痩せ体型が好きだったので、どんどんと太るぼくを嫌がっていた。

「いまの体型を維持しろ」と、よく言われていた。

コンビニでファクスを送信するだけなのだが、自信がなかったので奥さんに任せた。
引っ越し業者も、見積りも、奥さんに任せることになった。
ぼくは新居を見に行くことができず、奥さん一人で見に行った。
お腹に子どもを抱えた奥さんはたいへんだったと思う。
引っ越しは奥さんが望んだことなのでしかたがないと、自分勝手な発想をしていた。
奥さんは下見に二、三回は足を運んだだろうか。
「契約には旦那さんを連れてきてくれなくては困る」
「旦那さんがこないなら家は貸せない」とも言われたそうだ。
きっちりしている不動産屋さんだった。
しかし、「うつで休職中なので行けない」なんて言えない。
結局、「当日の鍵を取りにくるときに顔を見せてくれたらいい」ということになった。
当日はなにがなんでも動かなければいけなかったが、引っ越しは無事に終えた。
結局、すべて奥さんに任せることになってしまった。
いま考えても、ほんとうに申しわけないと思う。
この場を借りて謝ります。
ごめんなさい。

新居生活でも苦しむ

引越しをして少し安心したが、それでぼくの病気が良くなるわけでもなかった。
むしろ、引越しの後遺症で悪くなったくらいだった。
「これでもうどこにも動かなくていい、ひたすら寝ていよう」などと考えていた。
公園生活のころと体の調子はあまり変わっていなかった。
むしろ、公園が遠くなったことで外に出る気力がなくなっていた。
ひたすら家の中でじっとしていた。
ただただ寝転がって天井を見ていた。
秋の盛りのころだったからかなり過ごしやすく、布団も薄手のもので充分だった。
布団に入って一点を見つめる、そんな日が何日もつづいた。
楽しいわけではないが、そうするよりしかたがなかった。
「このまま寝ていると、またうつが悪化するかもしれない」
そう思ってちょっと行動してみようと思った。
椅子をベランダに持っていって、日光浴を始めた。
「陽の光に当たったほうがよい」という医師の言葉を思い出して、
狭いベランダでずーっと椅子に座っていた。

太陽が東から西に移動してゆく。

そんな町並みをただただ眺めているだけだった。

それでも寝ているよりはいくらかマシに思えた。

引っ越したマンションは目の前が線路で、電車が五分に一回くらい通り過ぎる。

新快速はものすごい轟《ごう》音を残して疾走する。

目で車中の人を追ったりして遊んでいたが、目が疲れるのでやめた。

電車が何本も何本も通り過ぎるのを、ただひたすらぼーっと見ていた。

なにもしていないが、寝ているよりは時間が早く過ぎる気がした。

時間は徐々に経過し、刻一刻と過ぎるのだった。

電車の音はうるさくて、テレビの音も電車の音がかき消してしまう。

両親が引越しの準備にきてくれたときも、窓を開けていると会話ができないほどだった。

線路によって音の大きさが違うのは発見だった。

電車がすーっと通り過ぎてゆく線路もあれば、
ガタンゴトンと轟音を立てて通り過ぎる線路もある。

普通だから、快速だから、新快速だからというのではないんだと、少し感心した。

次にしたのは大好きな漫画を読むことだった。

ベランダ近くに持っていった椅子で、外の風を感じながら漫画を読み漁《あさ》る。
電車の音は一瞬なので、そんなに気にならずに漫画に集中できた。
集中するといっても、このころはまだあまり頭に入ってこず、
かなりのスローペースでページを読み進めていた。
日光浴をしながら漫画を読むのは気持ちがいい。
体がしだいに熱くなるのも心地よく感じた。
いつでも休めるし、いつでも再開できる。そういうかなり自由な生活だった。
奥さんも文句を言わず、ぼくのやっていることをただただ見守ってくれていた。
体はしんどかったが、二か月前の究極のしんどさからすれば、
少しマシになっているように感じられた。

薬が効かない

話は少し飛んでしまうが、引っ越してから一年くらい過ぎたころだろうか。
仕事ができるまで体が回復せず、ぼくはまだ休職中の身であった。
すでに、単身で療養生活を送っていた。
子どもが生まれ、奥さんは子どもとともに実家に帰っていた。

薬はずっと飲みつづけていたのだが、このころはなんだか薬が効かないのである。

最初のころは薬が効いている感覚があって、
良くなっていると感じていたのだが、しだいに効かなくなっていた。

原因はわからない。薬を変えたせいだろうか。

薬は前よりも強いものを飲んでいる。

より効くことはあっても、効かなくなることはないはずなのに――。

これがうつ病の難しいところだ。

一直線に良くなったかと思えば、気がつくとまた悪くなっている。

長期的に見ると、良いと悪いの繰り返しなのかもしれない。

しかし、ぼくの場合は、「良い」の伸び率よりも「悪い」の伸び率のほうが大きかった。

回復したかと思えば、極端に落ち込む日がつづく。

ペースはその折々によって違うが、
三か月ペースくらいで良い悪いを繰り返していただろうか。

とにかく飲んでいる薬が効かなくなる。

「いまの医学では薬を飲むのがいちばんの対策だ」と主治医は言う。

そう言われては薬に頼るしかない。

効かないのに飲みつづける、これは苦痛だった。

なんでうつ病はこんなにも長引くのか。

最初は軽症だと思っていたのに、どんどん体調は悪くなる。

原因がわからない。

それがしんどかった。

母親は、「薬の副作用のせいだから薬をやめなさい」と言う。

でも、うつを治す薬のせいでよりうつになるとは考えにくい。

なにが正しくて、なにが間違っているのか、まったくわからないでいた。

うつが治らないことに歯がゆさも感じていた。

「結局、ぼくのうつはだれにも治すことができないんだ」

「自分は弱い人間だ」

でも、そんなことを考えていても始まらない。

「いまは多少動けるのだから、どこかに出かけよう」と少し遠くの公園に行った。

その公園のトラックには歩いている人がたくさんいたので、ぼくもそれにつられて歩いた。

薬を飲みつづけ、ひたすら歩く。そんな生活だった。

「薬よどうか効いてくれ」

「うつが治ったらなんでもします」

神にも祈る気持ちだった。

薬をコロコロ変え、自分に合う薬を探したが、見つからないことに絶望していた。

食欲不振、不眠になる

十月に入ったころだったろうか。

「リワーク」という復職支援のプログラムに参加したことがあった。

復職のためのリハビリ施設みたいなもので、だいたい三か月通う人が多かった。

そこに毎日通所して実績をつくり、会社に復帰するプログラムだった。

これに参加したぼくは、食欲不振と不眠に悩まされることになった。

ご飯を食べる気がしないのだ。お腹が減らない。

食べようと思えば食べられるのだが、なぜか食べる気が起こらない。

生命に関わることなので、心底やばいと思った。

三日連続、夕食はサラダだけという日もあった。

食べる気がしないのに食べなくてはいけない。

なぜだか、えづくのだ。気持ちが悪く、吐き気がする。

ご飯なんて食べなくても、いつか食べたくなるときがくる。
人間はお腹がすくと、自動的になにか食べたくなるものだ。
そう思って、ご飯を抜いた日もあった。
でも、「このままだといつか死ぬんじゃないか」、そんな恐怖を覚えた。
それからは、食べる気がしなくても無理矢理食べることにした。
いま考えると、食べようとすれば食べられるというのは幸せだったのかもしれない。
うつで苦しんでいる人には、食べようにも食べられない人がたくさんいる。
食欲減退のほかに、夜に眠ることができなくなった。
目をつむっても眠りに落ちない。
入眠障害になってしまったのだ。
眠たくない、眠気が襲ってこない。
母親が、「いつもいつも眠たくてしかたがない」と言っていたのが心底羨ましかった。
自分も眠たくなりたい。
人間として当たり前の機能が動作しないのだ。
自分の体はおかしくなってしまったと思った。
最初は、リワークに通っている平日は眠れて、実家に帰る休日だけ眠られなくなった。

「布団が変わったからなのかな」と思っていたが、そういう日が毎週つづく。
何週間も眠られない日がつづいて嫌になっていた。
三日間も眠られない日がつづくのはザラだった。
「なんで眠られないんだ」と布団を叩く。
休日はスポーツジムに通って、体は酷使していたのだが、まったく眠られなくなった。
「眠られなくて死んだ人はいない」というが、たまらず主治医に睡眠薬をもらった。
睡眠薬を飲むのには抵抗があったが、しかたがなかった。
これは効いた。休日も眠られるようになった。
ところが、しばらくすると、こんどは平日に眠られなくなってしまった。
休日は眠られているのに、平日は眠られない。
睡眠サイクルが逆になってしまったのだ。
しかたなく、平日も睡眠薬を飲む。
追加の薬を処方してもらい、なんとか平日も眠られるようになった。

ありえない憂鬱感

このころ、憂鬱感にはいちばん悩まされた。

憂鬱感は一年くらい前から出ることがあって、
「きついな〜」とは思っていたが、うつの作用だと思ってあまり気にしていなかった。
ところが、リワークに通い始めてから、憂鬱感はどんどん強くなった。
ふつうのうつの人が感じる憂鬱感とは、なにかが違うのだ。
ネガティブなことを考えるからではなく、急にガツンと憂鬱感が襲ってくる。
じわじわと、しかし、気がつくと憂鬱感の波に飲まれている。
自分ではコントロールできない。
得体の知れないなにかにとりつかれたような、そんな恐怖を覚えた。
この憂鬱感に突如として襲われると、死にたくなる。
「電車に飛び込んでもいいかな」という気持ちになる。
「屋上から飛び込んでもいい、道路に飛び出して跳ねられてしまえ」
そんなことが簡単にできそうな心境になる。
「自分の意志でどうにかする」とか「前向きに考える」という次元を超えていた。
自分ではない何者かに憂鬱感のヘルメットをかぶせられて、
機械的に憂鬱感を襲わせている感じ。
自分の脳みそを別の異常な憂鬱脳みそにむりやり取り替えられた気分。

健康なときに感じる「なんか憂鬱だな〜」というのとは百歩も異なっていた。
恐ろしくマイナスな気持ちになるのだ。
この憂鬱感が出たときにはなにもできない。
本を読むことも、パソコンをすることも、テレビを見ることもできない。
ひたすら布団に潜り込んで、この憂鬱感が抜けるのを待つしかなかった。
なぜだかわからないが、布団に入ると二時間くらいで憂鬱感はどこかに行ってしまう。
「あれはなんだったのだろう?」、そう思わせるくらい、ふつうに戻ってしまう。
憂鬱感モードからふつうモードに戻ってしまうのだ。
「先生に訴えて治してもらおう」と強く思っていた気持ちが、ストンとなくなる。
「ゼロか百か」みたいな気持ちだった。
それでも、憂鬱感が出たときには死にたい、辛い、発狂しそうだという気分になる。
両親にまでも、辛い気持ちをメールで送ったりしている。
「これは鬼だ、悪魔だ。もう会社なんか行かない、ぼくは死ぬ運命なのだ」
と悲痛に叫んでいた。
どうしようもない憂鬱感。罪悪感も後ろめたさもあった。
憂鬱感が出ると、すべてがマイナスの方向に引っ張られてしまう。

「ぼくは生きている価値がない、死んだほうがマシだ」
「二度と結婚なんてできるはずがない」
そう本気で思ってしまうのだ。
自分の思考をプラスに変えようとしても、そんなことは許してくれない。
頭が自動的にマイナス思考に引っ張っているのだから、できるはずもなかった。
だれにも、どうすることもできなかったのが辛い。
憂鬱感に効く薬をもらっていたが、治る気配はまったくなかった。
薬で治すという次元ではなかったのかもしれないとも思う。
ともかく、薬以外に対策がなかったので、半ばダメ元で薬を飲んでいた。
この憂鬱感にはいまでも襲われることがあり、日々恐怖を感じながら生きている。
うつ病はほんとうに辛いものだ。

第四章

離婚の苦しみ

出会いは天文サークル

ぼくと奥さんとは大学が同じで同期だった。
当時十八歳になったぼくは、なにかのサークルに入ろうと思っていた。
バイトをしなくても親からの仕送りで十分やっていけたから、
サークルで青春を謳歌しようと思っていた。
物理科学科ということもあり、星に興味があったので天文サークルに入ろうと決めた。
一回生で入ったときは奥さんはいなかった。
奥さんは美術サークルに入っていた。
しかし二回生のとき、奥さんの友だちがもう一つ新しくサークルに入りたいと、
天文サークルの定例会に奥さんと一緒にやってきた。
最初の印象は、「まぁ、ふつうだな」、「すこし可愛いな」とは思ったが、
特別つきあいたいとも思わず積極的に話すこともなかった。
向こうもそう感じていたようだった。
天文サークルというとなにかロマンチックな印象を抱くかもしれない。
そういう一面もあったが、
学術的に天文のことを調べて例会で発表することが多かった。

いわゆるオタク系の人も多かったが、ぼくはそんな癖のある人たちが好きだった。天文について語りだすと何時間も止まらない人、時間を忘れて夢中になって望遠鏡で星を見る人、冬に行った高知合宿では、朝まで望遠鏡の機材に触って凍傷になった人もいた。たくさんのおもしろい人がいた。

そういうなかで奥さんとぼくは出会うのだが、二回生で出会ってから四回生になるまで、とくになにも起こらなかった。

そして就活が始まる四回生になる直前、「一緒に自己分析をやろうか」と奥さんを誘った。

「自分で自分の長所を見つけるより、互いに見つけあったほうがより多く見つかるはず」

奥さんもこの考えに賛成で、二人で就活の準備を始めた。

エントリーシートを見せあって、

「どこをどうすれば良くなるのか」

「どこが間違っているのか」

「どう表現すれば相手に伝わりやすくなるのか」

そんなことを話しあった。

そうして互いのことをどんどんと掘り下げていくうちに、親近感を抱くようになった。

お酒は二人とも弱いのだが、お酒を飲みに行くことも多くなり、
さらに互いのことを深く知っていった。
家族のこと、趣味のこと、なぜこの大学に入ったのか、好きなタイプの人は……。
そんなことを夜通し語りあった。
ぼくは幸せだった。
「こんなにも価値観が似ている人が世の中にいるものか」と思った。
ぼくは浮かれていた。そして、ある日告白した。
しかし無視された。
正直、「えぇぇーーー」っと落ちこんだ。
しかし、後日話を聞くと、「声が小さかったから聞こえなかった」
そうなのかと、彼女からぼくに、「つきあってください」と言うようにけしかけた。
それで二人はつきあうことになった。

岐阜—神戸間の遠距離恋愛

互いの就職先は無事に決まり、
大学の四回生はまったりと甘い時間を過ごした。

研究室のゼミに行かなければいけないときもあったが、二人で家でゴロゴロしようと言ってサボったこともあった。

「なにか楽しいことをしよう」と、二人だけでボウリングに行ったこともあった。

彼女と一緒のときは有頂天だった。

気分は最高潮だった。

嬉しくてしかたがなかった。

そんな甘い甘い時間を過ごしながら、ついに卒業ということになった。

彼女は岐阜の実家で、ぼくは神戸で一人暮らしという遠距離恋愛になってしまった。

いや、中距離恋愛くらいかもしれない。

岐阜は、新幹線だと名古屋まで行って戻ってこないといけない。新幹線代も高い。

それで、鈍行で彼女がぼくの家にきてくれることが多かった。

会えるのは土日だけ。

それでも月に二回は神戸のぼくの家にきてくれて、一緒にイチャイチャして過ごしていた。

神戸の田舎に住んでいたから、最寄駅からバスで三十分もかかる。

三時間かけて電車でやってくる彼女を、そんなバスに乗せるわけにはいかない。

大学生のときに親に買ってもらったスープラで彼女を迎えにいった。

彼女はやはりクタクタだった。家に着いてそのままバタンキューが多かった。

二人でスーパーに買い物に行き、一緒に野菜炒めなどをつくった。

カレーもうまい。ぼくはイタリアンの店で働いていたこともあり、パスタ料理は得意だった。

バイト先で覚えたレシピを参考に、オリジナルのパスタで彼女をもてなした。

彼女は、「美味しい、美味しい」と食べてくれた。

料理は一緒につくることが多くて、ほかにもリゾットやピザなどをつくった。

テレビを見たり、DVDを見たり、漫画も一緒に見たりして遊んでいた。

日曜の夜になってサザエさんが始まる時間になると、彼女は帰ることになった。

とても淋しくなった。もっとずっと一緒にいたかった。

胸が引き裂かれる思いだった。

それでも彼女を駅まで送って、手を振ってさよならをした。

彼女はそこからまた三時間をかけて、岐阜の実家に戻っていった。

小説を読んでいたと言っていたが、その長旅はとても疲れただろう。

とても辛かったと思う。

往復六時間を隔週、しかもそれが二年半つづいたのだから。

ほんとうにお疲れさまでした。

社会人三年目の結婚

遠距離恋愛も二年が過ぎたころ、

「そろそろいいのではないか」と結婚の話が出た。

入社三年目は結婚ブームだった。

早く二人で生活したかったし、会社からは家賃補助も出た。

彼女も遠距離恋愛に疲れていた。

それで結婚式を挙げようということになった。

式場は、一年前から予約しないと式を挙げられないというので、早急に式場を探した。

場所は、大学生のころよく遊びに行っていた京都だった。

「神戸と岐阜の間なら京都だろう」ということでもあった。

式場探しにはかなり苦労した。

ぼくは嗜好が強いこともあって、なかなか自分の気に入るところがなかった。

十か所は回っただろうか、それでも決めきれずにいた。

彼女は京都駅近くの複合商業施設の上が良いと言うのだが、ぼくは立地に難色を示していた。

結婚式を挙げるのに複合商業施設はないだろうと思っていた。

上といっても屋上ではないのだが、

商業施設ということに気分が乗らなかった。

しかし、式の段取りは女性の意向が優先される。

ぼくはしかたなくその意見に賛成した。

当初は嫌々だったが、最終的にはその式場をえらく気に入ってしまった。

階段があって体育館みたいな舞台があって、「どうだ、広いだろう」と友だちに自慢していた。

結婚式の打ち合わせに京都に三、四回通った。

遠かったが、行くのが楽しみだった。

自分たちの好きなようにものごとを選んで、好きなように進めることが楽しかった。

肝心の結婚式はというと、自分としては大成功だった。

披露宴には兄貴夫婦も駆けつけてくれた。

その長女に花束をプレゼントしてもらった。

ディズニーの音楽とともに花束を新郎新婦の前まで持ってきて手渡してくれた。

後ろを振り向かせて、写真もいっぱい撮ってもらった。

二次会も新郎自らドラムを演奏し、カラオケまで二人で歌って大満足の一日となった。

この日はずっと気が張りつめていたこともあってクタクタになったが、
生涯忘れることのない結婚式となった。

互いにＤＶ

結婚式が終わってからしばらくは仲良くしていたのだが、しだいにけんかが増えてきた。

診断こそされていなかったが、うつの影が忍び寄っていた。

手が出るような殴りあいに発展することもあった。

奥さんの首を絞めたり、腕をグーで殴ったり、太股にローキックを入れることもあった。

奥さんも奥さんだった。ぼくもグーで頭を叩かれた。

飛び蹴りを喰らったり、お腹を殴られたりすることもあった。

互いに、かなりのＤＶに進展していた。

けんかは些細な原因だったが、たいがいはぼくが悪かったと記憶している。

仕事でストレスを溜めて、それを奥さんにぶつけていた。

扉が開けっ放しだと怒ったり、やかんの蓋をなんで閉めておかないのだと怒鳴ったり……。

考えると最悪・最低な行為ばかりしていた。

とにかく奥さんには強く出たのだ。なにを言うのも自由だった。

奥さんを傷つける暴言を吐くこともしょっちゅうだった。

「早く買い物に行ってこい」とか、

「パソコンをしているときは集中したいからしゃべるな」とか、

「バイトのぶんざいで、働いている俺に偉そうなことを言うな」とか、
ひどいことをさんざん言っていた。

泣いている奥さんに布団をかぶせ、「近所迷惑だからこれ以上わめくな」とか言っていた。

ほんとうにひどい話だ。自分はどうかしていたと思う。

奥さんを軽く見ていたのではないか、
自分でコントロールできると思っていたのではないか。

思い上がりもいいとこだ。

けんかはさらにヒートアップして、殴る蹴るの応酬を繰り返していた。

ぼくはともかく、奥さんの体にアザができることがしょっちゅうあった。

他人にばれるとやばいと思ったし、奥さんも懸命に隠していた。

幸い、顔とか手足とかの見えるところに外傷はなく、
腕とか太股にアザができることが多かった。

足をキックしたときにものすごく腫れあがり、
奥さんがワンワンわめいた事件があった。

「骨が折れたかもしれない」、ぼくも奥さんも青ざめて病院に行くことになった。

けんかで腫れたとは言えるはずもなく、奥さんは、「階段で転んだ」と先生に話していた。

結果はなんてことはない、ただの打撲だった。

いや、なんてことはなくはなかったのだが。

その日は塗り薬と痛み止めをもらって病院から帰った。

「タクシーを使う?」と奥さんに聞いたが、「歩けるから」と言って歩いて帰った。

それからも大小のけんかを繰り返し、奥さんの気持ちはどんどんぼくから離れていった。

ぼくはというと、そんな奥さんの気持ちも知らずに、

「二人は愛しあっている」と、夢ばかりを見ていた。

最初の休職は、このあと一年九か月くらいあとになってのことだった。

うつのさなかに子どもを妊娠

結婚して三年半、二回目のうつ病で休職中のことだった。

ケンカはこのころもしょっちゅうしていた。

ぼくに性欲はなかったが、奥さんが「どうしても子どもがほしい」というので子作りをした。

可愛い女の子がほしくて、産み分けについて勉強をした。

排卵日の二日前にするといい、女性器の中を酸性にするといい。

ネットにそう書いてあったので、ピンクゼリーをもらいに、婦人科に一緒に行った。

「これを使っても女の子が生まれる確率はほぼ変わらない」と言われた。
それでも、あれだけネットに情報が溢れているのだから、
「少しは効果があるだろう」と期待して使った。
でも期待はずれに終わった。
出てきたのは男の子だったのだ。
やっぱり噂は噂なのか、それとも運がなかっただけなのか、
どっちにしろ、生まれてきた子どもは愛情をもって育てるだけだと思っていた。
心配したのは、うつのときに子どもをつくってしまったら、
子どももうつになるのではないかということだった。
うつが感染るのではと思った。
この悩みを率直に産婦人科医にぶつけた。
「そんなことはない」とあっさり否定されて、少しホッとしたことを覚えている。
いずれにせよ、子どもができるまでには時間がかかるだろうと思っていた。
妊娠検査薬を病院からもらって、十個くらい用意していた。
二回目の子づくりのあとにトイレに行った奥さんが、
妊娠検査薬を試してみたら陽性反応が出た。

このまま二人で子どもを育てて、明るい未来に向かって進もう。

そう思っていた。

ただいまのない里帰り出産

奥さんが里帰り出産のために、岐阜に帰っていった。

出産は二月の予定だったので、十二月に仕事を終えて、
ギリギリまで神戸で過ごしたあと、実家に帰ったのである。

このころのぼくはうつがひどかったこともあって、大阪の実家で休ませてもらうことになった。

実家での暮らしは楽だった。

両親はピンピンしていて、ぼくよりも元気がよかった。

母親はお弁当を買ってきてくれるし、部屋の掃除はしてくれるし、洗濯もしてくれる。

冬の寒い日には、ユニクロでたくさんの服とパジャマを買ってくれた。

それだけで感謝の気持ちでいっぱいだった。

体がしんどかったから、なにもしなくていいというのが幸せだった。

ぼくは家で寝ているだけでいい。

一日中ゴロゴロしていたと思う。

なんてことはない、子づくりを始めて二回目であっさり子どもができてしまった。

ほんとうかどうか、後日産婦人科の病院に行ったら、「できています」と言われてしまった。

こんなに簡単にできるものなのかと、びっくりしてしまった。

性欲もないのに子どもはできるものなのだ。

生命のすばらしさを感じた瞬間だった。

そこから名前を決めようということになった。

奥さんが図書館に行って名付け方の本を借りまくる。

ぼくもネットを駆使し、名付け方のサイトをたくさん見て回る。

ぼくの気に入る名前と、とくに気に入る名前、
奥さんの気に入る名前と、とくに気に入る名前、
それぞれをエクセルの表にして候補を絞っていった。

しかし、二人の意見が一致することはなく、ずっと平行線だった。

そういうときに、奥さんがこれはどうかという新しい意見を出してきた。

男の子、女の子それぞれ、「これだったら」という一つに絞り、結局、その名前に決定した。

苦労してエクセルで表までつくった努力はなんだったのかとも思うが、
まぁ、最終的には互いが気に入る名前が見つかって良かった。

そんなぼくに親はなにも言わず、温かく見守ってくれていた。
いま考えてもほんとうに優しい親である。
うつになって会社にも行けないどうしようもない息子を、ずっと家に置いてくれた。
当時のぼくは、隔週で神戸の病院に通っていた。
会社に提出する傷病手当金の書類のこともあって、病院はずっと神戸にしていたのだ。
そして一月。奥さんの出産予定日が近づいた。
「もうすぐ生まれそう」という事前の連絡は受けていた。
それでも、「出産予定日は二月だし、まだ産まれないだろう」と高をくくっていた。
同時に、二週間に一回の「神戸に帰る日には生まれないでくれ」と願っていた。
ぼくは立ち会い出産がしたかったからだ。
神戸の病院に行く前の日の晩、ぼくは神戸の家に帰っていた。
朝起きると大量のメールが奥さんからきていた。
「もしかして……」。
案の定、陣痛のメールだった。
「お腹が痛い。どうしようもなく腹を圧迫される。悶絶しそうだ」
そんなメールだったと思う。

携帯を布団の上に置いたまま寝過ごしたぼくが気づかなかったのである。
朝起きて、ようやく大量のメールが届いていることに気がついた。
しばらくすると、奥さんから電話がかかってきた。
なんと、「子どもが産まれた」との報告だった。
立ち会い出産したいというぼくの願いも虚しく、
無事に奥さんは出産を終えていた。
向こうの母親が応援にきていた。
ぼくの通院の日に生まれたので、どちらにしろ立ち会うことはできなかった。
それでも悔やまれた。
なぜこのタイミングで産まれるのか。
ぼくは神を呪いたかった。しかしそんなことをしても意味はない。
このあと、出産後の奥さんを実家に訪問して、お宮参りを無事にすませた。
あとは奥さんが帰ってくるのを待つだけになった。
しかし、待てど暮らせど奥さんは帰ってこない。
「どうしたんだろう。子育てでなにかもたついているのかな」
そのくらいに思っていた。

そして離婚へ

ある日、ぼくの実家に一本の電話がかかってきた。ぼくの母親が出た。
電話の主は奥さん本人だった。
電話の内容はこうだ。
「もうたまちゃんとはやっていけません。離婚してください」
母親から居間に降りてくるように言われ、彼女の伝言をぼくに伝えた。
「なんだそれは」と思った。
「ふーん」と言いながら、ぼくはまた部屋に戻った。
「なぜなんだ、どうしてこうなったんだ?」
たしかに、奥さんのおじいちゃんの法事のときも、苦しくてなにもできなかった。
奥さんの実家に行っても、ずっとうずくまっているだけで下を向いていた。
でも、「なにか悪いことをしたか?」
そう思っていた。
でも、おそらくそれが決め手になったのだと思う。
「うつもいつかは治る」と信じつづけてくれていた奥さんを裏切ってしまった。
ぼくもいつか治ると自分を信じていた。

でも、なかなか治らないぼくに、奥さんは見切りをつけたのだ。
離婚通告を聞いたぼくは最初、それほどショックは受けなかった。
「離婚かあ。しゃーないな」
残念ではあったが、心のどこかに
「いつか離婚されるかもしれない」という思いもあった。
実際、奥さんから、「離婚だ、離婚だ」と言われつづけていた。
でも、「まさか離婚なんて、するわけがない」と思っていた。
「ジョークでそう言っているのだろう」くらいに思っていた。
でも、奥さんは本気で考えていたようだった。
「この人と暮らしていて、この先幸せになれるのか。満足のゆく人生になるのか」と。
ぼくも内心は不安だった。症状が回復しないうつ。
良くなったと思ったら、またそれ以上に悪くなるサイクル。
ほんとうに辛い。
でも、どうすることもできない。
出産のときに撮った子どもの写真が可愛くてしかたがない。
目がパッチリと大きくて、愛らしい顔をしている。

兄貴のお嫁さんに、「この子は勇喜くんに似ている」と言われたときは嬉しかった。

自分の子どもができるっていうのは不思議な気分だった。

しかし、突きつけられた現実は離婚。

信じられなかった。

正直いまでも信じがたい。

うつになって離婚なんて、そんな人生最悪だ。

不幸の真っただなかにいる――。

このあと、離婚のショックが重くのしかかる。

母親から告げられた直後はさほどでもなかったが、ボディーブローのように効いてくる。

離婚、りこん、リコン……。

「なんでぼくばっかりが辛い思いをするんだ。神さまは不公平だ」

離婚のショックを引きずるように、うつは悪化していった。

毎日の自殺願望

それからのぼくはというと毎日、自殺したいと考えるようになっていた。

「もう生きていても意味がない」

「こんな不幸な人間は死んだほうがマシだ」

「神さまはぼくを見捨てたのだ」と思った。

「うつは治らないし、離婚はされる。なんて不幸なんだ」

「ぜんぶ自分が悪いのか？　いや、そうだろう。ぜんぶ自分がまいた種だ」

「だれのせいでもない、自分自身のせいだったんだ」

「こんな人間、生きていたって迷惑をかけるだけだ」

「死んで詫びるのがいちばんいい」

ずっとそう考えていた。

漫画を読む気にも、音楽を聴く気にもならず、
一日中無為に過ごすことが多くなった。

なにも手につかないし、なにもやる気がしない。

「もうぼくの人生は終わったんだ」

「生きている価値のない人間なんだ」

「もうどこに連れて行かれてもかまわない」

「この辛さから抜け出せるなら死にたい」

命を落とすことが唯一の解決策に思えた。

そう考えると、どんどんと気力は低下していった。

散歩に行って気を紛らわそうとしても気力が出ない。

動くエネルギーがない。

とにかく胸が締めつけられる。

キューっと胸が苦しい。

ベッドに引きずり込まれるような、そんな感覚をずっと感じていた。

「体が動かない。苦しい。しんどくて辛い。だれか助けてくれ」

でも、両親でさえ助けることはできなかった。

自分で乗り越えるしかなかった。

自分の力で起き上がるしかなかった。

うつに加え、離婚のショックはやはりそうとうに辛い。

経験のない人にはわからない、想像を絶する辛さだ。

両親は、「辛いことばかり考えていてもしかたない。なるようにしかならん」と言う。

ぼくは無言でその話を聞いていた。親と話す気力もなくなっていた。

親となにを話していたかも覚えていない。

落ち込んだことを言えば親は嫌がるから、なるべくふつうの話題にしていたように思う。

ニュース、天気、親族のことなど、
当たり障りのない会話をしていたように思う。
「だれかこの気持ちをわかちあえる人はいないのか……」
奥さんに離婚されもしたが、ぼくがいまでも思っていることがある。
それは、奥さんがいまでも好きだということだ。
奥さんに暴言を吐くことも多かったが、たくさんの愛情を注いでもきた。
無理してではなく、自然にしていたことだ。要求されたことでもない。
ぼくがそうしたくて、ナチュラルな気持ちでしていたことだ。
それゆえに、離婚されたいまでも好きな気持ちに変わりはない。
変わらず愛している。別れても好きな人だ。
奥さんには悪いところはほとんどなかった。
悪いのはぜんぶぼくだった。
過ちを犯したのは、すべてぼくであった。
悔やんでも悔やみきれない。
ぼくの奥さんに対する接し方が自分勝手すぎて、相手のことが見えていなかった。
なんとも情けない結末である。

こうして、ぼくの人生は離婚という十字架を背負って歩むことになる。

母親とのけんか

うつになって離婚になって、苦しかったのは「それでも生きている」ということだった。

「なにもせず、ただ生きるだけのことがこんなに辛いなんて」

そう思った。

「自分はなんて弱い存在だろう。精神的にもっと耐えられる人間だと思っていたのに」

気がつくと、母親に叫んでいた。この苦しみを親にわかってほしかったのだ。

「自分の苦しみを感じてくれ。ちょっとでもいいから理解してほしいんだ」

そのように、ずっと訴えつづけていた。

しかし、両親はそんな無茶を言うぼくに困ってもいた。

ある日、ぼくは母親にキレて、バンッと机を叩いて叫んでいた。

「どうして俺の気持ちをわかってくれないんだ」

「すこしは話を聞いてくれてもいいだろう！」

「怒るんだったらこの家から出て行きなさい。そんな子は神戸に帰ったらいい」

母親はめずらしくそのように厳しく接した。売り言葉に買い言葉のぼくは、

「だったら、こんな家出て行ってやる！　ぼくが死んでも知らないからな！」

そう捨て台詞を吐きながら、ぼくは家を飛び出した。

お金がなかったのでバスを使わずに、駅までの四十分くらいの道のりを
憤怒しながら歩き始めた。

「もうぼくも終わった。もう死ぬしかない。だれもぼくのことを理解してくれない」

憂鬱感も出ていて、いよいよ、

「こんな人生くそくらえだ！　絶対に死んでやる！」

そう思った。

しかし、一歩、また一歩と歩みを進めるうちに、
どんどん虚しさが増してきた。

「なにをしているんだ、母親にまでもけんかを売って実家を飛び出してしまった」

「このままだと、ほんとうに人生は終わりになってしまう」

「やっぱり母親に電話をしよう」

携帯を取り出すと、母親からの着信履歴があった。

頭に血が昇っていて、携帯のバイブに気づかなかったのだ。

慌てて電話した。

「あんた、それはあかんわ」

「そんなことしてどうするの」

母親の声を聞いているだけで、涙が出てきそうだった。

「ゴメンなさい、ゴメンなさい」

ぼくはひたすらに謝った。

ぼくはとんでもないことをしでかした。

唯一の理解者を裏切ってしまった。

奥さんを失い、親までも失ってしまったら、頼れる人はほんとうにいなくなってしまう。

ぼくを愛してくれる人からも見放されてしまう。

「ごめん、ごめん」と謝っていると、母親も優しい態度に変わった。

「いいから帰ってきなさい。待っているからね」

その言葉をむしょうに嬉しく感じた。

あと一歩のところで数少ない理解者も失ってしまうところだった。

うつになって離婚したぼくを陰ながら支えつづけてくれた母親に感謝した。

その母親とは、いまはよくショッピングに行く仲だ。

母親って、ほんとうにありがたい存在だ。感謝してもしきれない。

過去を精算

二〇一四年二月十三日、離婚届を提出した（らしい）。

別居してから約半年後に離婚届を提出したのだ。

離婚すると、その離婚日を記載した紙切れが市町村役場から送られてくる。

このことを初めて知った。

提出するのも紙一枚。確認するのも紙一枚。なんとも味気ない気がした。

奥さんは離婚届を提出したあと、半年ぶりくらいにメールしてきた。

離婚届を提出したこと、児童手当の受給事由消滅書を書いてほしいことなどが用件だった。

寡婦の母子児童手当の申請には、ぼくの受給事由消滅書を提出しなければならない。

このころはうつの調子も良かったので、わりとすんなり行動できた。

しかし、問題があった。「共通のお金を全額返してほしい」という内容だ。

ぼくたち夫婦は、生活費を共通の銀行口座に入れて管理していた。

二人のお金だが、八割くらいは奥さんのお金だった。

奥さんは家賃以外の生活費をそこに振り込んでいて、家賃はぼくが別の口座から払っていた。

だから、残っていたお金のほとんどは奥さんのものだが、ぼくのお金も少しは残っていた。

そのメールにぼくは、「全額返せなんて、がめつい奴だ」と思い、強気に出た。

一方的な離婚という精神的苦痛を背負わされたのだから、

「慰謝料を請求しないかわりに、半額だけ振り込む」と言った。

奥さんは、「半額なんてありえない。子どものためにも全額ほしい」と言ってきた。

ぼくは、「子どものお宮参りや写真撮影の費用はこちらが出した」と突っぱねた。

そんなやりとりがあり、金銭トラブルに発展しそうになった。

それが引き金になって、またうつが再発しそうになった。

憂鬱感が出てきたのだ。辛い。

このころは調子が良かっただけに、もううつとおさらばできると思っていただけに、

「ここにきてこの抑鬱気分か。人生はやっぱりうまくいかないな」と心底思った。

このままもめていても解決しないので、全額渡すことに決めた。

自分のお金も多少は残っていたので少し未練はあったが、

思い直して素直に全額返金することにした。

すると、それまで苛《さいな》まれていた抑鬱気分が、すーっと消えていった。

人間汚いことを考えると汚い心になってしまう。

これは自然の法則かもしれない。

逆に、奉仕の精神で道を歩むと心が晴れやかになる。

そんなことを学んだ経験だった。
白い心で生きなくては人間が汚れてしまうことを、身をもって体験した。
奥さんとのメールのやりとりだけで気分が悪くなるなんて、ほんとに辛い。
でも、綺麗な心でいるとうつは良くなることも体験した。
不思議な体験だった。
この気持ちを大切にしよう。人に奉仕しよう、人のためになる仕事をしようと思った。
離婚の金銭トラブルから学んだ新たな気づきだった。
児童手当の受給事由消滅書を提出しに行った。
引越しもしたので、そのついでだった。
会社にも、離婚届出と子どもの被扶養者保険の資格消滅届けを書いた。
「児童手当の受給消滅書を提出した。これからは、こうちゃんと幸せに暮らしてね」
そう奥さんにメールを送った。
これでぼくの離婚のすべてのいきさつは終焉を迎えた。
これからはメールがくることもないだろうし、こちらから送ることもない。
おそらくもう、連絡をとりあうことはないのではないか。
きっぱりと縁が切れたのだ。

互いに過去を精算し、未来に向かって進んでゆけるよう、区切りをつけた。

これからは母子家庭になるが、ほんとうに幸せに暮らしてほしい。

ぼくにはなにもすることはできないが、遠くからずっと見守っている。

健康に暮らしてくれたらそれでいい。

それ以上、ぼくはなにも望まない。

互いに幸せな将来へと進み、過去を振り返らずに生きてゆけたらそれでいい。

もうぼくたちの関係は終わった。

金輪際会うことはないかもしれないが、一緒に幸せな時間を共有したことに感謝している。

あのころは楽しかった。いい人生だった。

あの暮らしがそのままつづくと思っていた。

離婚するなんて思ってもみなかった。

でも、悔やんでもしかたがない。

ぼくがうつになって、奥さんにはほんとうに迷惑をかけた。

迷惑ばかりをかけすぎた。

そりゃあ離婚されるかもしれない。

一家の大黒柱が音を立てて崩れたのだから。

こんごは、互いに幸せに生きてゆけるといいな。

この本を書いているいまは、引越しをして新生活が始まったばかりだ。

この先いいこともあるかもしれない。そう思えるようになった。

うつが快方に向かっているのかもしれない。

このまま健康な人に戻り、ふつうの暮らしができたらどんなに幸せなことか。

そのことを願ってやまない。

最後に、奥さん、いろいろ苦労をかけたけど、楽しい時間を共有してくれてありがとう。

子どもと幸せな家庭を築いてください。

陰ながら応援しています。

もし、また、どこかで会うことがあれば、そのときは互いに笑いあえるといいな。

「いい人生だった」と。

これまでありがとう。

第五章

うつと離婚の狭間で

公園に十二時間滞在

八月になると神戸に戻ってきていた。
長いあいだ実家で世話になったぶん、「一人で生きてゆかねば」と思っていた。
それでも、神戸に帰ってきてからもずっと、うつうつとしていた。
またしても、一日中布団の中にいる生活だ。
漫画を読んだりＤＶＤを見たりはできたが、
体を動かさなければ、良くなるものも良くならないと思った。
夏の炎天下だったが、意を決して少し遠い公園まで足を運んでみた。
片道三十分くらいはあっただろうか。
人がよく集まる、トラックのある公園にたどり着いた。
そこでひたすら歩いた。
トラックを一周して休む。
水を飲んでまたトラックを一周して休む。
それを何十周と繰り返した。
歩くのに飽きると、家まで歩いて帰る。
家で一時間くらい休憩すると、また公園に戻るのだ。

ある日、とても辛い波がきた。

「もういっそ殺してくれ」というくらいにしんどかった。

それでも毎日公園に行っていた。

外に出ないと自殺してしまうと思い、無理して公園に行っていた。

それはお昼ご飯を食べたすぐあとだったが、なぜだか、「ずーっと公園にいよう」と思った。

「帰ってもすることがないから公園でいいや」と思ったのだ。

ベンチを使って体操をしたり、屈伸をしたり、ストレッチをしたり。

公園の遊具を使ってできることは、ぜんぶやった。

そうこうしているうちに、夕暮れがやってきた。

夏ということもあって、夜が訪れるのは遅かった。

それでずーっと、ぼーっとしていた。

どこを見るわけでもなく口をポカンと開け、ひたすら暗くなるのを待っていた。

やがて夜になると人の数が多くなり、ウォーキングをする人たちが増えてきた。

「公園って、こんなに人が集まるんだ」

そうして、三十人くらいいる人の中に紛れ込んだ。

みんな早歩きをしてトラックを周回している。

ぼくもそれを真似て一緒に歩いた。
とくに健康を意識したわけでもない。
つられてただひたすら歩いていただけだった。
夜もふけて、十時を過ぎると、人はどんどん減った。
十一時にさしかかるころになると、ほとんど人気はなくなっていた。
ぼくは歩くのをやめ、夜空をじーっと眺めていた。
「あ、ベガがある。あれはアルタイルだ。これはデネブ」
天文サークルで培った知識を参考に、夜空の星を探していた。
懐かしい昔を思い出す。
「あのころはバカを言いあってみんなで星を見ていたな～。
あのころは楽しかった。もう一度あのころに戻りたいな」
そんな気持ちが膨らんできた。
観測委員をして、みんなを観測所に連れて行っていたころが懐かしい。
「いまごろ、みんなどうしているかな」
そんなことを考えることが多くなった。
気がつくと二時を回っていた。寒かった。夏なのに体が冷える。たまらず家に帰った。

公園にいた時間を計算してみると十二時間いたことになる。
公園だけでよくも十二時間もいれたものだ。
とくに眠くなることもなかったので、ひたすら夜空を見上げることができた。
でも、これでは睡眠サイクルが崩れる。もうやめようと思った。

大学病院でうつではないと言われる

実家にずっといたぼくは、うつ状態が治らなくてとても無気力だった。
「これはおかしい」と大学病院で診てもらおうという気になった。
いろいろ調べた結果、とりあえず大阪にある大学病院に行くことにした。
そのときはかなり期待していた。
通院していた病院では体が良くならず、ホトホト困っていたからだ。
「大学病院に行けば自分に合った治療法が見つかるかもしれない」
そう楽観的に考えていた。
そこでぼくを待ち受けていたのは、二泊三日の検査入院だった。
入院というと抵抗はあるが、検査のための入院だ。
「そんなに気負う必要はない」と母親にも言われていた。

タオルや歯ブラシ、着替え、シャンプーにリンス、用意はぜんぶ母親がしてくれた。

「じっくりと診てもらって、どこか悪いところが出るといいな」

そう思っていた。

血液検査に始まり、心理テスト、光ポトグラフィーのテスト、MRI、レントゲンなど、十項目くらいの試験を行なった。

「三週間後に結果がわかるので、そのときにまた来てください」とのことだった。

その三週間は長かった。実家近くの公園の散歩と音楽を聴くことがぼくの日課になった。

体はほとんど動かない。気力を振り絞っても力が出てこない。

病院に行けるのかと不安にさえなった。

そうするうちに、待ちに待った結果がようやく出た。

結果は、「うつではありません」とのことだった。

いやいや、そんなことはない。現実に体はしんどいのだから。

絶対うつだと言いたかった。

しかし、結果が覆るはずもなく、先生の話をじっと聞いていた。

先生の話によれば、ぼくの性格の問題だというのだ。

会社から逃げる気持ち、先輩に気圧《けお》されてしまう心の弱さ、なにもする気のない無気力な感情、ぜんぶぼくの性格のせいだというのだ。
「でも、それは悪いことではない、行動を変えてみなさい」
「人はだれでもうつになる可能性があるし、なってしまったものはしようがない」
「過去を悔やむよりも、いまを行動してそこから変えてゆこう」ということだった。
具体的には、「おはよう」と元気よくあいさつをすること、
「ありがとう」と心を込めてお礼を言うことなどだった。
とにかく、検査結果は、どこにも異常がないということだった。
父親は、「ほれみろ、どこも悪くない」といった感じだ。
「そこらへんのおっちゃんが言ったことではない、
これは大学病院という機関で精密に検査をした結果なんだから信頼に値する」
と先生に言われたが、ぼくは納得がゆかなかった。
実際に気力はないし、興味関心は喪失しているし、思考回路も鈍化している。
「うつそのものの症状ではないか」と思っていた。
しかし、「検査では正常だ、悪いところはない」ということだった。
帰りの車の中で、ぼくはドアを開けて外に飛び出してやろうかと思った。
親とも口論になった。

「やっぱりうつじゃなかったんだから、これからは強い気持ちをもって生きてゆけ」

「そんなはずはない。ぼくはうつだ。現に疾患もある。どう考えてもおかしい」

しかし、ぼくがいくら主張したって、その言葉は虚しく響くだけだった。

主治医の診断は非定型うつ

「うつではない」と言われたことが、いまだに信じられなかった。

とはいえ、大学病院で出た結果なのだから、信じるしかなかった。

それでも神戸の主治医のところに行ってみると、「いや、うつですよ」とあっさり言われた。

ぼくの場合、症状が急に悪化したりするので、「ふつうのうつとは考えにくい」と言われた。

そのときに初めて、「非定型うつ」だと宣告された。

非定型うつ——聞いたことはあったが、どんなものか忘れていた。

ネットで調べて、「新型うつみたいなものだ」ということがわかった。

会社などではうつうつとした気分になるが、家では自分の興味があることに打ち込む。

過食、過眠になる。体に鉛が入ったかのような鉛様《えんよう》麻痺になり、体が重くなる。

自分が他人にどう見られているかが気になり、他人の顔色を伺う。

そのほか、かなりの項目に当てはまることがわかった。

うつ症状が順調に回復せず、急激に悪くなったりするのはこのせいかと納得した。
非定型うつは薬が効きにくい。
しかし、現代医学では薬を処方するのが最高の対策だ。
しかたなく、薬を増やしてもらうことにした。
このころは怒りっぽくなっていたし、すぐ不機嫌になるし、悲しい気分にもなる。
喜怒哀楽が激しかった。
自分の感情をコントロールすることができなかったのである。
どうにも困った人になってしまっていた。
しかし定型うつだろうが非定型うつだろうが、うつには変わりがない。
きっと治るだろうと、そのときは思っていた。
しかし三か月たっても治らない。
「いったいぼくのうつ症状はいつまでつづくのか」
このころの主治医の先生は優しかった。
「私はこうこう思うけど、あなたもそう思いませんか?」
と優しく問いかけてくれるのであった。
笑顔が特徴的なその先生の話を聞いていると、不思議に落ち着くことができた。

苦しいときでも、その先生の話を聴くといくらかマシになる。
「付きあう人によってこんなにも変わるものなのか」と思った。
イライラしている人のそばにいるとイライラする。
幸せな空気を醸し出している人のそばにいると自分も幸せになれる。
だれだってそうかもしれないが、ぼくは人一倍他人の影響を受けやすかった。
すぐに感化されてしまうのだ。この人が主治医で良かったと思った。
雰囲気が穏やかで焦りが感じられなかった。
安心してなんでも話すことができた。
とても親身になってくれて、人あたりも良かった。
「ぼくも人を安心させられるような人になりたいな」
そう思わせるオーラがあった。
非定型うつだと診断するこの先生を信じようと思った。
自分でも新型のうつかなと思っていたので、
自覚症状が似ている非定型うつは、病気としてきちんと認知されているのだと思った。
少しホッとしたような気分だった。
それからのぼくは、非定型うつのことを調べまくった。

しかし、あまりいい情報を得られることはなく、おとなしく薬を飲みつづけることにした。

壊れてしまった心

ぼくはうつになって二年半も患っていた。
半年くらいで治ると思っていたものが、ぜんぜん治らない。
薬を飲んで安静にしている。
自分の好きなこともしている。
公園に行って散歩だってしている。
太陽の光も浴びるようにしている。
このころはジムにも通っていた。
「なんで治らないんだ！」
むしろ悪くなっている気がする。心がどんどん壊れてゆくのを感じていた。
このころは、あまり感情が湧かなかった。
嬉しいとか楽しいとかと思わなくなっていた。ただただ生きているだけ。
人間的な感情が乏しい。ほとんど皆無だ。
お腹が空いているのかどうかもわからない。

眠くもならない。

性欲も湧き上がってこない。

人間としてどうかしていると思っていた。

「ぼくは壊れてしまったのか?」、そういう思いだった。

電車に飛び込むことも、屋上から飛び降りることも、ふつうにできそうな気がしていた。

でも、自殺だけはしてはいけないと思っていた。

自暴自棄になっている自分と、冷静になっている自分。両方の自分が存在していた。

世の中のことがよくわからなくなっていた。

なぜ子どもがいるのか?

成功するにはもう歳をとりすぎたのか?

テレビの仕組みって、どうなっているんだろう?

とりとめもないことをクヨクヨ考えていた。

ぼくはおかしくなってしまったのか?

人間ってなんなんだろう?

「べつに死んでもいいや、悲しむ人がいたっていい、とにかくこの辛さから逃げ出したい」

「いや待てよ、辛いって感じるってことは生きているってことではないか」

そう思って、生きている自分をないがしろにすることはなんとか避けていた。

やっぱりぼくもいまを生きる一人の人間なのだ。

死んだら元も子もない、とにかく生きつづけよう。

そんなことをグルグルグルグルと考えていた。

壊れた心のままで生きることを選択したのだ。

それでも憂鬱感が出た次の日には、やっぱり死のうと思うことが何度もあった。

そのたびに死んではいけない、とにかく生きつづけるんだ。

そう思い直していた。

両親の愛

うつになって離婚して、神戸に戻ってからも両親からエールが送られてくる。

「ご飯はちゃんと食べているか？」

「夜はちゃんと寝ているか？」

「たまには実家に帰ってこい」

そんなメールが週に一回はきていた。

そんなメールがくるたびに、ぼくは嬉しさを覚えていた。

こんなどうしようもないぼくでも応援してくれる人がいる。

両親ってほんとうに温かいなと、親の愛を感じていた。

母親は、家に帰るとまずご飯に連れて行ってくれる。

ぼくに食べたいものがないかを聞いて、
自分の食べたいものを差し置いてぼくのリクエストに応えてくれるのだ。

「うどんが食べたい」と言えば、うどん屋さんに連れて行ってくれ、

「韓国料理が食べたい」と言うと、韓国料理屋に連れて行ってくれ、

「焼肉が食べたい」と言うと、焼肉屋さんに連れて行ってくれた。

家に帰るとお風呂に入るよう催促される。

昔は干渉されるのが嫌だったが、いまはその強制力がありがたい。

自分一人だと、どうしても身のまわりのことがおろそかになりがちだ。

だから、ぼくが着ている服がボロボロだと、買い物に連れて行ってくれることもあった。

「好きなものがあったらなんでも言いなさい」と言ってくれていた。

ぼくが三千円するシャツがほしいと言うと、文句も言わずにレジに持って行ってくれた。

ベッドの用意は完璧にしてある。

口では「面倒くさいやつだ」と言いながら、母親の行動は完璧なのだ。さすが母親。

シーツはサラに替え、布団は乾燥しており、枕も干してある。
すべてベランダから取り込みずみで、あとは寝るだけの完璧に仕上げてくれている。
父親はよくドライブに連れて行ってくれた。
ぼくは、となりの県の山の上まで自転車で行こうとして、
坂道が急すぎて途中で断念したことがあった。
この話を父親にしたら、「それじゃあ車で行こう」ということになった。
二人でやいのやいの言いながら、その道を走っていった。
車が通るにはギリギリの道幅で、いまにもタイヤがはみ出しそうな山道だった。
それでも父親は、文句ひとつ言わずにぼくを楽しませてくれた。
ソフトクリームもおごってくれた。美味しかった。
夏の暑いときだったので、体に染み渡った。
山を超えると兄貴家族が住んでいる街に出た。
姪っ子のバレエの発表会に家族で行ったことがあって、その会場のすぐ横に抜け出た。
「こんなとこに繋がっているのか」と、意外なルートに感心していた。
父親は、カラオケに連れて行ってくれることがよくあった。
父親とカラオケに行くなんて小学校のとき以来だった。

中学校に入ってからは反抗期で、父親が誘ってくれる釣りにも行かなかった。

いま思えば、もっと親孝行しておけばよかった。

当時は、なにもわかっていない子どもだった。

それだけに父親とのカラオケは嬉しかった。

父親から誘ってくれたことでもテンションが上がった。
一、二か月で三、四回は行っただろうか。
父親とは歳が三十歳もはなれていることもあり、選曲が合わないことも多かったが、ぼくが知っていそうな有名な曲を歌ってくれた。

それでも軍歌を歌うこともあって、「わからんからやめてくれ」などと言い争っていた。

ぼくも昔の曲を頑張って覚え、父親の前で得意げに歌うのであった。

そうして、親子の絆はだんだん深まっていった。

離婚してからというもの、両親の愛情を感じることが多くなっていた。

それは大きなものを失って手に入れた見返りのようなものだった。

癒しのペット猫、ゆうちゃん

ぼくが大学四回生のころ、ペットを飼いたいと思った。

朝起きてふと、「そうだ猫を飼おう」と思い至ったのだ。
とても唐突だった。
自分の性格は猫に似ていると思っていた。
わがままなところ、自由気ままなところ、
ツンデレなところがそっくりだと思っていた。
自分と相性が似ている猫ならうまく付きあえる、そう思っていたのだ。
ネットで、「可愛い子はいないかな〜」と物色し、とてもつぶらな瞳の種を見つけた。
それはスコティッシュフォールドだった。
スコティッシュは、スコットランド生まれという意味だ。
フォールドは「折れる」という意味で、「垂れ耳」を表していた。
ぼくが選んだ子は、フォールドのなかでも立ち耳の「スコ」だった。
目が可愛いと思ったので、迷わずその子に決めた。
千葉県からトラック便で送ってくれるとのことだった。
送られてきたダンボールを取りに集荷所みたいなところに行くと、
ダンボールに貼られた送付状に、猫と書いてあった。
普通の荷物として小猫が送られていた。

呼吸用に穴が開けられていて、そこから中を覗き見ることができた。
愛らしかった。写真で見たままだった。
さっそく車に乗って、猛ダッシュで部屋に帰った。
早く箱を開けて一緒に戯れたかった。
小猫はゆうちゃんと名づけて、放し飼いすることにした。
小猫とはいえ、檻に入れて育てるのは、なにか可哀想な気がしたのだ。
その日は講義があったので、放置したまま大学に行った。
帰ってくると、たたんだ布団の上になにやら黒い物体があった。
しかも、なにか臭う。ツンとした臭い匂いだ。
もしやと思ったら、案の定ウンチだった。
「コノヤロー」と思ったものの、トイレをしつけていないぼくのせいでしかない。
黙ってティッシュで拭きとるしかないが、ぜんぶを拭きとれるはずもなかった。
これでオシッコまで布団でやられたら寝られなくなる。
トイレを覚えさせるために、ご飯のあとはトイレに閉じ込めることにした。
少し可哀想だが、トイレを覚えさせるためにはしかたがない。
ニャーニャーと鳴く。しかしトイレからは出さない。

砂をザッザッと掻いてトイレをしたら出してあげる。
その習慣づけを二、三回繰り返しただろうか。
トイレですますようになった。
それから六年の月日が過ぎて、ぼくはうつになってしまった。
引っ越した家でも放し飼いにし、大事に育てていた。
うつでベッドに潜っているぼくの足の上で、もっこりと休んでくれた。
その感触が気持ちいい。なにより温かい。
猫は人間より体温が高いので温かいのだ。
それに、手を出すと飛びついてくる。猫キックをかまされる。
少し痛くて血も出たが、それも愛情表現の一つだと気にしなかった。
猫のゆうちゃんは、じゃれているだけなのだから。
立っていると、足にスリスリしてくる。ゴロゴロと喉を鳴らし、寄ってきてくれる。
なんとも愛らしい。奥さんと二人で、ゆうちゃんの行動に見とれていたものだ。
ゆうちゃんは一日寝ていることも多かったが、えさを用意するとすぐに食べにくる。
その嗅覚はとんでもなく鋭い。
えさは、お椀の中から一つずつ床に落として食べる。

一個落として食べ、また一個落として食べる。
「お椀の中で食えよ」とも思うが、その姿も愛らしい。
うつになって思考回路が停止したぼくは、ゆうちゃんのレベルになったのではないか。
そう考えることもあった。
寝て、起きて、ご飯を食べて、また寝る。
一日寝たきりで、ゆうちゃんと変わらない生活ではないか。
いや、ゆうちゃんはたまに運動会をするぶん、ぼくのほうが劣っているのではないか、
そんなことも考えた。
ぼくがうつで苦しんでいるときは、必ずゆうちゃんがそばにいてくれた。
それだけでぼくはとても癒されていた。

過去は不幸でもいい

うつになって、奥さんから離婚されて、ぼくは不幸の極みにいると思う。
でも、世の中にはもっと不幸な人だっている。
二回も三回も離婚した芸能人には、それでも明るく笑っている人もいる。
自分は不幸だけど、それでもいまを生きている。

不幸は過去のものだ。
過去は変えられないから、しかたがない。
これから幸せを掴めばいい。
べつに不幸でもいい、不幸でなにが悪いのだ、とも思っている。
不幸になれば、そのぶん不幸の友だちができる。
同じ悩みを共感してくれる仲間が増えるのだ。
幸せだけが人生ではない。
不幸があればこそ、幸せになったときに喜びが膨れあがる。
不幸でもいいではないか。
ウジウジ考えていないで、この体験を暴露しよう。
みんなにこの苦しみをわかってもらえれば嬉しい。
ちょっとでも世の中の不幸な人の助けになれば、生きている甲斐があるというものだ。
自分のこの経験は無駄じゃない。より多くの未来の人の希望になれるはずだ。
そう思うことにした。
うつになって離婚したからといって、絶対に死んではいけない。
死んでしまえば、なにも残らないではないか。

死ぬのはいつでもできる。
どうせ寿命がきたらみんな死ぬのだ。
それだったらぼくの経験、気持ちを露わにして人の助け舟になろう。
不幸な人もいれば幸せな人もいる。
この先の未来が不幸と決まったわけではない。
この辛さには意味があるのだ。
同じ病気、離婚の苦しみをわかりあえることができるのだ。
人の共感を得る架け橋をつくることができる。
この武器を使って人と交流してゆこう。
ぼくは一人ではない。たくさんの不幸な人たちと繋がっているのだ。
できることなら、みんなで幸せを掴むのだ。
大事なのは、いまこのときになにをするかだ。
しんどかったら家で寝ているのもいい。
天井をじっと見上げているのもいい。
一日中布団の中に潜っていたっていいのだ。
動けるようになったら、それからなにかしよう。

人と交流しよう。
本を書こう。
同じ病気に悩める人たちを救いたい。
「あなたは一人ではないよ、同じように悩める仲間がいるんだよ」と言ってあげたい。
辛くたっていい。苦しくたっていい。
この経験には必ず意味があって、いつか明るい未来がくる。そう信じる練習なのだ。
希望を捨ててはいけない。でも、絶望してもいい。
不幸な体験、それも人生だ。
幸せそうに見える人も、内心は不幸を感じているかもしれない。
幸せか不幸せかは、その一瞬一瞬で決まる。
だから、明日が幸せか不幸せかは、だれにもわからない。
大事なのは死ぬときに「幸せだ」と感じること。
過去は関係ない。いまこのときが大事だ。
そう考えると、「いまこのとき」は幸せなのかもしれない。
なぜなら生きているからだ。
死ななければ、それだけで幸せだと思う。

生きることに価値がある。
だから、どんなに不安で、どんなに絶望があっても、
今日という日を一日でも長く生きてください。
それがぼくからのお願いです。

姪っ子のおまもり

ぼくはうつで苦しんでいる二〇一三年に、実家に帰ることがあった。

そこに兄貴家族がきていて、姪っ子二人も遊びにきていた。

「こんにちは」と、挨拶しようとしたら、姪っ子たちが駆けつけてきてくれた。

そして、「はいっ」と小さな袋を渡してくれた。

それは、おまもり型に折られた折り紙で、紐がついていた。

それには、「ゆうきくんへ」と書いてあった。

中には、おはじき様のものが入れてあった。

勇気、元気、やる気、根気、強気など、五つの意味が込められているということだった。

嬉しくて泣きそうになった。

「これは死なれへんな〜」と、思わず母親に漏らしていた。

「ありがとう、大事にするわな」とお礼を言った。

ぼくの病気のことは小さな子どもたちには言うまいと思っていたが、兄貴か兄貴のお嫁さんが伝えてくれたのだろう。

それを聞いた長女が、一所懸命に折り紙を折ってくれたのだ。

なんてけなげなのだ。

まだ小学二年生で、うつ病のことなんてわからないだろうに。

病気と聞いて折り紙を折ってくれた。

なんて優しい子なのだろう。

兄貴家族に感謝した。

ぼくは一人で生きているつもりだったが、一人ではないのだ。

支えてくれる家族がいる。心配してくれる人がいるのだ。

ぼくもまだまだ捨てたもんやない。

まだ死ぬわけにはいかない。

病気になって辛い思いをしてきたが、その瞬間は幸せに満たされていた。

一瞬でも幸せが訪れると、とても嬉しい。

この本を読んでいる人も、読んでいる「いま」を幸せだと思ってもらえるようだと嬉しい。

うつのことを忘れて本に没頭していれば、うつのことは忘れられるのだから。
人の感情は一瞬一瞬で移り変わる。留まってはくれない。
だから、この先不幸だと思うこともあれば、幸せだと思うこともある。
過去もそうだったと思う。
ずっと不幸だった人なんていない。
必ず幸せを感じた瞬間があったはずだ。
それを思い出してほしい。
いまのぼくは、うつになって離婚して辛いけれど、過去には楽しいことがあった。
一生不幸なんてことはありえない。
ぼくも幸せな気持ちを姪っ子からもらった。
「姪っ子たちも、どうか幸せな人生が送れますように」と願った。
ぼくのためにおまもりを作る時間を割いてくれたことが嬉しかった。
だから、ぼくはそのおまもりをカバンの中に大事に忍ばせている。
辛いことがあったとき、それを見て思い出すのだ。感動したあの日があったことを。
だから、なるべく姪っ子たちと遊んであげたいと思っている。
兄貴夫婦にとっては当たり前だが、ぼくにとっても二人の姪は宝物だ。

家族の絆というのは、ほんとうに素晴らしい。

子どもがいるって、どんなに幸せなことかと思う。

ぼくにも現在一歳の息子がいるが、長く会っていない。

手元にいる子どもがほしいと思う。子どもは自分の分身なのだから。

だけど、大人だってとても大事な存在だ。

うつになって離婚になって、どうしようもない大人でも、生きている価値はある。

親からすれば、ぼくは可愛い子どもで、ほかの人と優劣をつける対象ではない。

存在そのものが素晴らしいのだ。

生きているだけで意味がある。これを忘れてはいけないと思った。

うつの人たちとの関わり方

二〇一四年八月現在、ぼくのうつは快方に向かっている。いや、快方に向かったばかりだ。

いまも憂鬱感が出ることはあるし、一日動けないこともある。

でも、かつての状態を考えるとかなりマシになってきた。

確実に良くなっていることは、自分でもわかる。

過去の自分は死んでいた。一日ほとんど動けずにいたのだから。

あれは現実だったのだろうか。いや、間違いなく現実の恐怖の体験である。
そんなぼくでも、うつは回復してきている。
うつというのは不思議なもので、時間が解決してくれることもある。
ストレッサーから逃れることで、うつは良くなる。
このことを身をもって体験した。
でも、まだまだ油断はできない。
これからだって辛いことはいっぱいあるはずだ。
再発する可能性だってある。それを考えると怖い。
でも、そう言っていても始まらない。生きてゆかねばならない。
やるしかないのだ。腹をくくるしかないのだ。
頑張らずに頑張って、これからも懸命に生きてゆきたい。
ほかの人の大きな力になりたい。いや、力になるのであれば少しでもいい。
「うつ気分は、振り子が揺れるように回復する」と言われる。
良いときもあれば、悪いときもある。
でも、だんだん良いときが多くなり、悪いときがなくなってうつは回復する。
その波がしだいにさざ波になってくる。穏やかになってくるのだ。

そのような波はだれにだってあるようだ。
うつが回復してくると、人が変わった気分になる。
これまでのように無理をしなくなった。
しんどいときは寝て、やりたいときにやるだけ。
あとは楽～に過ごしている。
無理は良くないと自分に言い聞かせている。再発も怖いしね。
人間が穏やかになった気もする。
怒ることもたまにあるが、激昂することはなくなった。
気持ちが平静なことが多い。
嵐が過ぎ去ったあとの無風状態なのかもしれない。
気持ちが楽になっている。
うつを患ったことで得られたご褒美かもしれない。
なぜかわからないが、うつが回復期に入るとすべてが良く思えてくる。
ちょっとしたことがとても良いことのように感じられる。
最悪を経験しただけに、これ以上の下はないだろうという安心感が出てくるのだ。
あすは明るい、そう思えてならない。一種の妄想だろうか。

もちろん、すべてがうまくゆくはずはないとも思っている。
家族や周りの人は、うつで苦しむ人に絶対に無理をさせてはいけない。
会社に行けないのに無理に行かせてはならない。
ご飯が食べられないのに無理に食べさせてはならない。
お風呂に入れないのに無理に入らせてはならない。
本人は頑張っているのだ。懸命にやろうとしているのだ。
それだけに、うまくできないと自分に敗者の烙印を押してしまう。
自責の念に駆られてしまう。
だから、家族はなるべく身のまわりの世話をしてあげてほしい。
料理をつくってあげるとか、買い物に行ってあげるとか、洗濯をしてあげるとか。
どんな小さなことでもいい、できることからやってあげてください。
ささいな優しさ、気遣いは、うつ病患者にとってどれだけ嬉しいことか。
もちろん甘えるつもりはない。できることは自分でやるし、やらなければならない。
でも、できないときは助けてもらえると、支えてもらえると、ほんとうにありがたい。
感謝の気持ちでいっぱいになるのだ。
「頑張れという励ましの言葉は、言わないほうがいい」とも言われている。

ただ、ぼくは、そう言われてもうつが悪化することはなかった。
多少のプレッシャーは感じるが、それがうつに作用することはなかった。
でも、励ましの言葉が苦痛な人もいる。
だから、なるべく言わないであげてください。
「見守っているね」、「そばにいるね」という言葉だけで、うつ病患者は救われる。
無条件の愛が、うつ病患者にはありがたい。
なにも言わずにいてくれるだけでいい。そっとしておいてくれるだけで嬉しい。
怒ったりどなったりしてあげないでほしい。すべてを受け入れてあげてほしい。
ずっと沈んでいる人もいるし、怒りっぽくなる人もいるが、どちらも辛いのだ。
その辛さを少しでも理解して、優しい言葉をかけてあげるだけでよい。
「一人じゃないんだ」、「支えてくれる人がいるんだ」という安心感が大きいのだ。
周りの家族や知人はどう対処したらよいかわからないと言う。
普段どおりに接してくれればそれでいいのです。
へんに病人扱いされたり、気を遣われたりするのはしっくりこない。
病気を理解してくれるのは嬉しいが、病人として接するのはやめてほしい。
病気であっても、そう思いたくない自分がいるからだ。

だから、普段より少しだけ優しく接してあげてください。
基本は普段どおりでいいけど、いつもより優しく、穏やかに包み込んであげる。
そういう気持ちで接すると、うつ病患者は癒されるのです。
そういう人が一人いるだけで、うつは良くなると思う。
大事なのは愛です。愛をもって接してもらえると救われる。
世間の冷たい風にさらされているから、愛のある対応には安らぐし、救われる。
周りの人は、さぞたいへんだとは思う。
でも、「こんな経験をしたから自分も成長できる」と思って接してあげてほしい。
その経験は無駄にはならないと思う。それは、うつ病患者も周りの人たちも同じです。
人間として成長させてくれるいい経験だと思って接するのが良いと思う。
うつ病患者は辛い気持ちを抱えている。それはなった者にしかわからない。
それを乗り越えさせてくれるのが周りの愛です。
どうか愛情をもって接してあげてください。
決して離婚はしないでください。とても辛いから。
離婚、失恋、リストラ、絶縁、勘当。どれも決してやってはいけない。
うつ病患者を地獄に突き落とすことになるから。

大切なものを失うことは、ほんとうに辛い。

どうか一緒にいてあげてください。そばにいるだけでいい。

それがうつを救うことになるから。

うつの人は、回復すると周りの人に奉仕するようになります。そうしたくなるのです。

それがうつのいいところかもしれない。

だから、うつの人は、しんどくても死なずにいまを生き抜いてください。

ぼくはうつ病患者を応援しています。無理に励ますつもりはありませんが祈っています。

早くよくなるようにと。周りの人も、ぜひ祈ってあげてくださいね。

うつはきっとよくなる病気です。

そう信じて、うつ病の人も、周りの人も希望をもって生きましょう。

頑張らずに頑張ってください。

それでも地球は回っている

ぼくたちは良くも悪くも人間だ。

人間だからこそ幸せと感じることができ、不幸せと感じることができる。

これは、ほかの生物にはできないことだ。

そう考えるだけでも、人間はすごい生き物だと思う。

でも、ぼくたち生物はとてもちっぽけな存在でもある。

地球規模でみるとほんの小さなホコリ、いやそれ以下だろう。

それでもぼくたちは生きている、生きつづけている。

いつかは死ぬが、死のうが生きようが、地球は回っている。

ぼくたちを載せた宇宙船地球号は動きつづけているのだ。

ぼくたちは生きている、というよりも生かされていると言ったほうがよいかもしれない。

自分の力で生きているように感じるが、巨大な食物連鎖の中で生きている。

ほかの動物がいないと生きてゆけない。

ぼくたち人間には天敵はいないと言われている。

それでも巨大な敵がいる。

それは人間だ。

うつになった人は、自分という病気に苦しんでいる。

自分しかその病気の苦しさはわからない。

その辛さは言葉で表現することができない。

適切に辛さを言語化する言葉が存在しないのだ。

それゆえに辛い。しんどいという月並みな言葉でしか表現できない。
うつと一言で言っても、さまざまな疾患がある。
本やネットにも載っていない症状が出ることもある。
それを言葉で伝えられないのが辛いところだ。
離婚も同じで、敵は人間だ。
相手がいて初めてその現象が成りたつ。
一人でいたら離婚なんていうことにはならなかったはずだ。
人によって人は苦しむ。
でも、嬉しいことも人を介してやってくる。
すべては人を媒介している。
人は本来、素晴らしい存在だ。
動物だって、植物だって、細菌だってそうだ。
彼らが生きているから、ぼくたちも生きることができる。
地球が生きているから、ぼくらも存在することができる。
そう考えると、すべてのものに感謝することができる。
うつは苦しみの実感を与えてくれ、生きていることを教えてくれる先生だ。

離婚も、自分が生きているからこそやってくる辛い体験だ。
離婚した相手も本来、素晴らしい存在だ。
決して否定することはできない。
一度は納得して結婚したのだから。
でも、人の気持ちというのはコロコロ変わる。
きょうが良くても明日は悪い、明日が悪くても明後日が良い。
そうやって良い出来ごとや悪い出来ごとが生まれてくる。
だから、この先良いことがあるということは、悪いこともあるということだ。
うつで、離婚で苦しんでも、いつか良くなる日がくるということだ。
人は良い悪いのサイクルの中で生きている。
そこから抜け出すことはできない。
それは、考える葦という人間独自の特性なのだから。
とにかく大切なのは生きるということ。
ほかのだれも、あなたの命は奪わない。
あなたという人間が自ら命をとらないかぎり。
今日も地球は回っている。

明日も回りつづけるだろう。
だから、とにかく生きつづけてほしいと思う。
生きることに意味がある、そう思えてならない。

生きることこそ人生なり

「死んで幸せになる人などいるのだろうか？」
死んでいる人には、もはや幸せか不幸せかはわからない。
なにも考えない無の世界になってしまう。
うつで苦しんでいるということは、生きているということだ。
離婚で悩んでいるということは、生きているということだ。
自分が自分であるために生きつづけなければならない。
不幸な体験は、生きている実感をそれだけ強烈に与えてくれる。
「苦しいってなんだろう？　辛いってなんだろう？」
それは人が勝手に感じる感覚で、死ぬこととは別の話だ。
むしろ、生きていることをビンビンに感じさせてくれるシグナルのようなものだ。
生きていれば良いこともある。悪いこともある。

どちらの体験も、ぼくたちに生きていることを教えてくれる良い経験だ。
うつで苦しんでいても、いずれ治る。そしてまた再発するかもしれない。
そのときは、「またぼくに生きていることを教えてくれているんだな」
くらいに思っておけばいい。
離婚に悩んでも、
「離婚という経験は、ぼくという自我を認識させてくれるありがたい体験なんだな」
くらいに思っておけばよい。
人生、まだ終わったわけではない。人生、まだまだこれからだ。
三十だって、四十だって、五十歳だって、まだまだ人生やり直しはできる。
九十歳からマラソンを始めた人もいるのだ。
何歳になっても新しい自分を創造できる。
そう考えれば何歳になっても人生を楽しめる。
大事なのは、死ぬ瞬間にそのときが楽しかったと思えるかどうかだ。
過去は関係ない。未来も関係ない。
いま、このときが大事なのだ。
だから、死ぬという選択はやめてほしい。

過去も未来も、現在だって台無しにしてしまう。
もしかしたら、七十歳で結婚するかもしれない。
八十歳で宝くじが当たるかもしれない。
何歳になったってチャンスはあるのだ。
人生まだまだ捨てたものではないと思う。
どうか自分を大切に生きていってほしい。
自分で自分を傷つけることはやめてほしい。
いや、傷つけたってかまわない。まわりに迷惑をかけることもかまわない。
死ななければ、人生なんとかなるんだから。
借金をしていても、人生はつづくのだ。
だから生きつづけてほしい。
命を絶つことだけはやめてほしい。
だれもそんなことは望んでいないんだから。
どうか自分を大切にしてください。
あなただけが、あなたの人生の主役です！

終わりに　次の未来へ

ぼくは、いまを精一杯生きようと思います。
またうつになってもしかたがない、
離婚にしても、それはしかたがないと思うことにしています。
「あなたはいま幸せですか？　それともめちゃくちゃ不幸せですか？」
それはあなたの心が決めることです。
うつも離婚も、事実として存在しているだけ。
それを幸せと捉えるか不幸せと捉えるかは、あなたしだいです。
ぼくは不幸せと思っていますが、それも正しいかどうかわかりません。
正解なんてないのです。
ただ、うつと離婚という事実があるだけ。
それ以上でも、それ以下でもないのです。
ぼくは中庸の気持ちを大切に、未来に進んでゆきます。
偏ることなく、不幸でもあり、幸せでもある未来に。
人生はうつと同じで、振り子が揺れるように良い悪いを繰り返します。

良いことがあったぶんだけ悪いことが悪いと、
悪いことがあったぶんだけ良いことが良い、と感じられるようになります。

ぼくもたくさんの不幸を経験しましたが、また幸せだと思う経験もするでしょう。

それはあなたも同じです。

不幸せという強烈な実感を伴いながら人は生きている、ということを認識してください。

不幸せが強烈にあるぶん、ちょっとでも良いことがあると、
幸せだと思えるようになります。

いまは幸せになるための準備期間だと思ってください。

ただし、それは不幸せになるための準備期間でもあるでしょう。

それに負けてしまってもかまいません。

後ろ向きの気持ちになってしまってもかまいません。

未来を見据えて生きつづけてください。

生きているかぎり、次の未来は見えてきます。

暗闇でも一歩進んだら前に進めるのです。あなたは自由です。

これから幸せになることも、不幸せになることもできるのです。

可能性の目を摘まないでください。

生きていれば必ずチャンスは訪れるでしょう。

もちろんピンチも。

でも、それすらも楽しむ気持ちをもつことができれば、きっと幸せになれると思います。

あなたは、あなたなりの幸せを掴んでください。

あなたがうつでも離婚しても、いまが幸せでありますように。

あとがき

この本を書き終えて、いま思うことは、「密かな達成感」です。うつに苦しんでいるなかで一冊の本が書けたということ、そして出版できるなんて、思ってもみませんでした。ものすごく自信につながりました。「うつに苛まれても、離婚で苦しんでも本を出すことができるんだ」ということに、素直に生きていて良かったと思います。

この本が多くの人に読まれ、「うつでも懸命に生きている人がいる」、「離婚してもへこたれずに生きている人がいる」と、励ましを与えることができれば、言うことはありません。それに、共感して、「自分も頑張って生きよう」と思っていただければ、それほど嬉しいことはありません。

もちろん、頑張る必要はありません。私も、これまで「頑張ってきた」ことがアダになった結果ですから、これからはなるべく力を抜いて生きてゆこうと思います。そして多くの人の力になれればと思っています。「一人でも多くの人の希望の光になりたい」、そう思っています。

最後に、この本を出版していただいた京都通信社のみなさま、編集していただいた中村基衞氏、河田結実さんには、心からお礼申しあげます。両親をはじめ、私の周りにいるすべての人たちに感謝しています。ありがとうございました。

著者の紹介
玉村勇喜(たまむら・ゆうき)
1983年生まれ、兵庫県神戸市在住。立命館大学卒業後、仕事でうつ病を発症し3か月間、まったく動けなくなるほどの病に襲われる。しかもその後、里帰り出産の奥さんが戻ってこず、そのまま離婚を言い渡される。request@utsurikon.com

1983年	大阪府に生まれる
2005年4月	大手メーカーに就職内定
2011年3月	立命館大学卒業
2006年4月	勤務先に近い神戸市内で一人住まいを始める
2008年8月	京都で結婚式をあげる
2008年8月	神戸市に新居をかまえる
2008年12月	奥さんのアルバイト先が決まる
2011年3月	うつ病を発症
2011年9月	会社に復帰
2011年12月	主治医を替える
2012年2月	うつ病を再発
2012年8月	東京での「夏の幸せワークショップ」に参加
2012年10月	引っ越す
2013年1月	長男誕生、奥さんが入院している病院を訪ねる
2013年4月	神戸でお宮参り
2013年5月	奥さんのおじいちゃんの法事で奥さんの実家を訪ねる
2013年5月	妻に離婚を通告される
2013年10月	復職支援のプログラム「リワーク」に参加
2014年2月	法的に離婚

鬱〈うつ〉に離婚に、休職が…
ぼくはそれでも生きるべきなんだ

2014年10月1日発行
著　者　玉村勇喜
発　行　京都通信社
京都市中京区室町通御池上る御池之町309番地　〒604-0022
電話　075-211-2340　http://www.kyoto-info.com/
発行者　中村基衛
装　丁　中曽根孝善
印　刷　株式会社冨山房インターナショナル
製　本　森製本所

Printed in Japan　ISBN978-4-903473-22-2